愛犬

Ami Suzuki
鈴木あみ

CHARADE BUNKO

Illustration

街子マドカ

CONTENTS

黒塗りの車を降りると、柴野八尋《しばのやひろ》は門扉の前で、その古い洋館を見上げた。

茶色い洋瓦《ようがわら》の屋根に、蔦《つた》の這《は》う白い壁。門柱には、「犬養《いぬかい》」と刻まれた表札がある。

二年前まで暮らしていた、懐かしい家だった。

「もうここで大丈夫ですから」

八尋は運転席の男に礼を言い、頭を下げる。

送ってくれたのは、広域指定暴力団の組長をしている男で、狩野《かの》といった。

「中に入るのを見届けねえと。留守だったらまずいしな」

というより、もし入れてもらえなかったらどうするのか——とは、敢《あ》えて口にせずにいてくれる。

「それに、ここまで来ておいてもし万一のことでもあったら、俺が宇佐美《うさみ》に怒られる」

そうつけ加える男に、八尋はつい苦笑を漏らした。

(宇佐美さんは愛されてるな)

狩野が宇佐美を大切に思っているのは、傍《そば》で見ていればよくわかった。彼が危険を冒して八尋の帰国に協力してくれたのも、八尋のためというより、それが宇佐美の頼みだったからだ。狩野は宇佐美の我《わ》が儘《まま》ならなんでも聞いてやるのだろう。

正直、羨《うらや》ましさを感じずにはいられなかった。同じ「ミミつき」であるにもかかわらず、恋人に大切にされ、守られている友人に。

八尋が遠くアメリカから海を越えて戻ってきたのは、昔の男に会うためだった。子供の頃から大好きで、でも相手にしてもらえなくて、やっとつきあえるようになっても心から自分のものだと感じたことはなかった。誰にでも優しくて、常に誰かの影があって、耐えきれずに別れた――でもそのことをずっと後悔していた、昔の恋人に。

(あの頃は結局、主基《かずき》を捕まえることはできなかった。――でも、今なら)

伝染病によってすべての女性が滅びてから約十年が過ぎ、Unidentified Kittenlike Ears――通称「ミミつき」と呼ばれる生きものが確認されはじめていた。普通の男に、突然動物のミミとしっぽが生えると言われるミミつき。彼らには、男を惹《ひ》きつけるフェロモンがあり、その希少性から、ブラックマーケットでは十億もの高値で取引されているとも言われている。やくざの下部組織がミミつきを非合法に捕獲する事件も発生し、「ウサギ狩り」と呼ばれていた。

八尋にその「ミミ」が生えてきたのは去年のことだった。

今までただの知人だった者たちに突然強烈な好意を寄せられ、通りすがりの男たちに襲われるような危険に晒《さら》されて生活する中、ふと、八尋は思いつく。――このフェロモンさえあれば、今度こそ主基を夢中にさせることができるのではないかと。

だから八尋は戻ってきた。

海を越えることが、ミミつきにとってどれほど恐ろしいことだったか。途中、フェロモンをまき散らしながら多くの人間に接触すればするほど、危険な目にあう確率は上がる。マフィアにでも密告がいけば、ウサギ狩りにあう可能性だってある。

インターネットで知り合った、同じミミつきの宇佐美やその恋人で広域暴力団組長の狩野が協力してくれなければ、きっと不可能だっただろう。

けれどどんなに危険でも、どうしても諦《あきら》めることができなかった。このミミに賭《か》けてみたかった。

どうしても、どうしても主基にもう一度会いたかったのだ。

「ありがとう」

狩野を待たせて、高く聳《そび》える門の前に立つ。

俳優という仕事柄、セキュリティシステムが入っているため、ここを開けてもらわなければ中には入れない。以前は持っていた鍵《かぎ》も、別れたときに返してしまっていた。

二年もたっていきなり訪ねてきた八尋を、主基はどう思うだろう。とても迷惑に思うかもしれない。もしかしたら、自分だとわかったら開けてくれないかも。

（いや……開けてはくれるよな？　恋人としては終わっても、一応義理の兄弟だったことは事実なんだし……）

八尋の父親と、主基の亡くなった母親とは、以前結婚していたことがあるのだ。

でも、もしそれでも門前払いされたら……？

インターフォンを鳴らすのはひどく勇気が必要だった。ボタンを押す指が震えた。

ピンポンとレトロな音が響く。

八尋は緊張して待った。

（……留守なのかよ）

仕事という可能性もある。そうでなくても、もともと派手に遊んでいた男のこと、いない可能性だって十分あるのはわかっていた。……誰かと出かけているとか、そういうことだって。

（それとも、中に誰かといるとか……）

一緒にいる相手に夢中で、インターフォンを無視しているとか。

それもありえた。

鉄扉の柵の向こう、広い前庭の木々に隠れながら、玄関ドアやリビングの窓などが少しだけ見える。だが中のようすは窺《うかが》い知れなかった。

このまま応《こた》えてくれなかったらどうしよう。帰って出直す？　そう思うと少しほっとする反面、もう一度同じ勇気を振り絞るのはどれだけ大変かとも思う。

そのときだった。

ふいに玄関の中に灯《あか》りが点《とも》り、ドアが開いた。

「……っ」

心臓がぎゅっと収縮する。

(主基……っ)

いきなり出てくるなんて、勿論《もちろん》予想さえしていなかった。インターフォンから返事が聞こえてくるものとばかり思っていたのだ。

鮮やかな新緑の中、緩くうねる石畳を抜けて、主基が歩いてくる。視線はまっすぐ自分に向いている。モニターに映った八尋の顔を見て、出てきてくれたのだろうか?

緊張に強《こわ》ばる八尋の目の前で、彼は門扉を開いた。

二年前、ひどい別れかたをした男の姿がある。主基の顔を間近に見て、鼓動が胸を突き破りそうになった。

(主基)

テレビや映画で毎日のように見ていたとはいっても、実物を目にするのとはまるで違っていた。とてもひさしぶりで、痛いくらい懐かしい。

当時からやや長めだった髪は後ろで適当に結び、シャツをラフに着崩して——そんな姿でさえ絵になっていた。華やかな容姿は以前のままだ。

(でも、なんか大人っぽくなった)

二十代も終わりに近い男に「大人っぽくなった」もないけれど、もともと端整な女顔だった顔立ちに男っぽさが加わって、色気が増した気がした。

彼は色の薄い瞳《ひとみ》をこぼれそうに見開いて、八尋を見つめる。

「おまえ、なんで……」

迷惑しているのか、戸惑っているだけなのか、表情から探ろうとしたが、よく読み取れなかった。ではフェロモンは効いているのか？　ミミはフードに、しっぽはズボンの中に隠してあるとはいえ、感じていないはずはないのだけれど。

だが、それもよくわからなかった。動揺が先に来て、それどころではないようにも見えた。

「……ひさしぶりだな」

とりあえず、挨拶《あいさつ》をしてみる。主基はわずかに唇を開いたが、言葉を失ったままだった。

「……ちょっと話したいことがあって……」

「話……」

主基は鸚鵡返《おうむがえ》しにした。彼が言葉に詰まるのを見るのは、ずいぶんめずらしいことだった。主基といて、自分が言葉を繋《つな》がなければ会話が続かないなどということは、以前には一度もなかった。

「……誰か、来てるのか？……だったら出直すけど」

ぎこちなく問いかける。

再び玄関のドアが開いたのは、そのときだった。

中から、男が一人出てきた。

(……本当にいたんだ)

八尋は呆然《ぼうぜん》とその姿を見つめた。

からだが急に重くなる。奈落《ならく》の底まで落ちていくような眩暈《めまい》がした。

あれが今の主基の恋人なのだろうか。インターフォンを鳴らしても、なかなか反応しないはずだった。

その男は門のほうへと歩み寄ってくる。

主基に現在進行形の誰かがいることくらい当然想定していたつもりだった。ショックを受けるには当たらない。

(わかってる。昔と同じ──それだけのこと)

好きで、好きで──でも自分のものにするのは無理だと悟って諦めた、あの頃と。

それでも奪い返すくらいの心意気で来たのではなかったか。

八尋が自分を奮い立たせようとしたときだった。

「ひさしぶりじゃん。八尋」

男はふいに声をかけてきた。

「──え?」

八尋は目を見開いた。男の顔をまじまじと見つめる。

そして数少ない知人の記憶の中から、ようやく彼の顔を引き出した。

「……西原《にしはら》？」

「そうだよ！　すぐわかれよなぁ」

昔からの主基の友人の一人だ。八尋とも顔見知りで、主基を交えて三人で飲んだこともある。――まさか、主基はこの男とまで？

（まさか）

とは思うものの、わかったものではなかった。昔はたぶん、違ったと思う。一緒にナンパに出ることはあっても、この二人がつきあうなんてことは――でも。

（あれから二年もたってるし……）

「あ、ないない。ないって！」

八尋の疑惑に気づいたのか、西原は言った。

「俺、今ヘアメイクの仕事してんの。たまたまマネージャーのかわりにこいつ送ってきて、ついでに飲んでただけ。むしろモニターにおまえ見つけて、風呂入れてたこいつ呼んでやったのは俺だぜ。感謝してくれてもいいくらいだって」

（風呂……）

それですぐに出てこなかったのかと、八尋は息を吐いた。新しい相手に夢中だったからでも、八尋を忌避したわけでもなくて、よかった。

八尋のそんな姿に気づいたのか、西原は小さく笑った。

「じゃあ俺、帰るわ」

「泊まってくんじゃなかったのかよ」

「なんか話あるみたいじゃん。お邪魔虫にはなりたくねーし。――にしても八尋」

西原はふいに八尋のほうを振り向いた。

「なんかちょっと見ないあいだに可愛《かわい》くなってない？　それとも色っぽくなったっていうか」

「えっ」

明らかにフェロモンのせいだろう。西原の目にはそう映るらしい。

八尋は少し嬉《うれ》しくなった。主基にもそう思ってもらえたらいいのに、と思う。

「戻ってきたんなら、一度飲もうぜ」

「――うん」

戻ってきた、と言っていいのかと思いながら、八尋は答える。

主基はため息をついた。

「おまえ、帰るなら早く帰れよ」

「えー、遠慮してやろうって親友にそれ？」

西原は文句を言いながらも、じゃあな、と軽く手を振って門を出て行く。

その背を見送る主基の瞳が厳しい。八尋が来たことで、西原を追い出したような格好になったのを怒っているのだろうか。

「——悪かったな、邪魔して」

ふてくされた気持ちになりながら、八尋は言った。

主基の視線は、八尋の背後から逸《そ》れない。

「……あれは？」

「え？」

問いかけられて視線を追えば、その先には、狩野の車があった。一瞬、八尋の頭からも抜け落ちていた。わざわざ送ってくれたのに、申し訳なさが沸き起こる。

さっきから、主基が見ていたのはそれだったのだろうか。

「知り合い。ここまで送ってきてくれたんだ」

「知り合い、ね」

マスコミか何かだとでも疑っているのだろうか。

（違うのに）

いかにもな車種や服装を見れば、わかると思うのに。

「……そんなことより、入れてもらえるか」

ぐずぐずしていたら、本当にマスコミに見られかねない。八尋は言った。

その途端、やや乱暴に腕を摑《つか》まれ、門の中へ引っ張り込まれた。

「わっ――」

主基が門扉を閉めると、ふたたび自動で施錠される。

唐突すぎて、八尋はひどく戸惑った。送ってくれた狩野に挨拶もできないままになってしまう。あまりに失礼な態度だった。

申し訳なさに振り向けば、狩野は笑みを浮かべていた。軽く手を上げて、彼は去る。

それに頭を下げて、八尋は石畳の道を戻る主基のあとを追いかけた。

1

リビングのテーブルの上には、ボトルや氷、つまみの皿などが載ったままになっていて、西原の言葉を裏づけていた。

懐かしい部屋を見回せば、あまり変化はないながらも、一緒に買った置物とかクッションとか、そういうものはなくなっていた。当然だとは思うものの、少しせつない。

けれど室内には、他人の趣味のものが増えたりもしていない。

この二年のあいだにも、主基には取っ替え引っ替え恋人はいたことだろうが、そして今もいるのかもしれないが――少なくともここで同棲《どうせい》したことはないのだと思われた。

（……よかった……）

ここで主基と暮らしたのは、たぶん自分だけだ。ここはまだ自分のテリトリーだ。

主基がキッチンでペットボトルを出してくれているのがちらりと見え、

「……いつものがいいな」

と言ってみる。

「シナモンなんかあるわけないだろ」

凄《すご》く手間のかかる、主基特製のロイヤルミルクティーに、シナモンを加えたやつ。家主の好まないシナモンが、今ここにあるわけがなかった。それにもしあったとしても、別れた相手に、今さらそんな手間暇かけてくれるはずもない。心が離れていることを突きつけられるようで胸が痛むけれども、それでも好みを覚えていてくれたことは嬉しかった。

(まあ当たり前か……)

とにかく、長いつきあいではあったのだ。

「じゃあ、酒でいいや」

「……ったく」

軽く肩を竦《すく》める。我が儘な……と言いたげな、見慣れたしぐさ。

つきあっていた頃は、たいていの我が儘は聞いてくれたものだった。たぶん、少し楽しんで。

(——俺にだけ、ってわけじゃないところがみそだったけど)

そう思って、振り払う。そのことは考えない。今は。

あの頃の失敗は繰り返さない。できるだけクールになって、スマートな振る舞いをすること。そのためには、よけいなことは考えないほうがいい。

(大丈夫。今の俺にはフェロモンだってあるんだし、きっと上手くいく)

とはいうものの、あまり効力を発揮している感じではない。もっと近くに寄らないと、だめなのかもしれないと思う。

「フードくらい取れば？」

と、主基は言った。

フードはミミを隠すためのものだ。家の中ではたしかに不自然なのはわかってはいるが、言われるままに見せてしまう踏ん切りは、まだつかなかった。

「……いいんだ、これは」

「そう」

主基はそれ以上、突っ込んではこなかった。

「自分でつくれよ」

テーブルにグラスを置き、向かいのソファに腰掛ける。

八尋はウイスキーをだくだくと注ぎ、ミネラルウォーターと氷を適当に混ぜて水割りをつくった。主基は一瞬何か言いたげな顔をしたが、結局言わなかった。

「……留学したって聞いたけど、あれからずっとあっちに？」

「ああ……まあ」

「卒業して帰ってきた……にしては時期がずれてるか」

この家を飛び出したのは、大学二年の終わりのことだった。主基に教えてはいなかったけど、留学したことは、誰かから聞いて知っていたらしい。

「そういうわけでもないからさ。……そっちもだいぶ活躍してるみたいだな。向こうでも日本のドラマやってたし、あと雑誌とかでもよく……」

「へえ」

主基はふと目を上げた。くすりと微笑する。

「よく知ってるじゃん。まあ光栄だけど」

「……っ」

指摘され、かっと頬《ほお》が熱くなった。

「たっ、たまたま偶然目に入ってきただけで……！　別に気にしてたわけじゃ」

動揺して、ますます墓穴を掘ってしまう。これではまるで自分から白状したも同じだった。

主基は苦笑する。

（くそ……）

もっとスマートに振る舞うはずだったのに。

けれど実際、自分で自分の傷を抉《えぐ》るような気持ちになりながらも、どこにいても主基のことは気にせずにはいられなかったのだ。主基が昔よりずっと有名になって、押しも押されもしない地位を築いていることは、外国にいてさえ伝わってきた。嬉しい反面、あの頃でさえとても釣り合っているとは言えなかったものが、ますます離れていくようで寂しくもあった。

（いや……でも、今の俺にはミミがあるし……！）

自分の功績でもなんでもなく、ただ突然ミミが生えてきたというだけのことだが、それでもミミつきはブラックマーケットでは十億で取引されるとも言われるレアな存在なのだ。少しは釣り合いがとれたと思ってもいいのではないか——。

「で……？」

と、主基は言った。

「話って何？」

八尋はどきりと顔を上げた。いつまでも世間話をしているわけにはいかない。なぜ二年もたってから戻ってきたのか、本題に入らなければ。

主基は軽くソファの肘掛《ひじか》けに凭《もた》れ、頬杖《ほおづえ》をついて八尋が話しはじめるのを待つ。そんな姿さえ、絵になっていた。ミミつきを前にしているにもかかわらず、落ち着きのなさのようなものは何も感じられない。以前と同じ、余裕たっぷりに見えた。

（なんで平気なんだよ）

やはりもう少し傍に寄らなければだめなのだろうか？

八尋から見れば、むしろ逆に主基のほうがミミでもついていそうなフェロモンを放っているように見える。さすが人気俳優だと思う。

「ん？」

促され、口ごもる。どう切り出したらいいか、わからなかった。わからないままに来てしまった。会いさえすれば、ミミつきのフェロモンでなんとかなるような気がしていたからだ。

「なんだよ」

それを見て主基はちょっと笑う。

「なんかどうしても話さなきゃいけないような用件があったから、来たんだろ？　まあ、どの面下げて……とまでは言わないけどさ」

その言葉が胸を抉る。どの面下げて——そう言われても仕方がない別れかたをしたけど。

（もとはといえばおまえのせいなのに）

八尋は自棄《やけ》のようにグラスを呷《あお》った。

「ああ、また弱いくせにそんな飲み方して……って、……え？」

主基が呆《あき》れるのも無視して、八尋は立ち上がった。酒の勢いを借りて、そのまま向かい側へと移動する。主基の隣にどさりと腰を下ろし、引き気味の彼を追いつめる。

「な、なんだよ」

「……あのさ、……」

「何」

心臓が破れそうにどきどきした。どういう反応が返ってくるか、怖くてたまらなかった。

でもいつまでも黙ってるわけにはいかない。

（俺にはミミがあるんだから）

呪文《じゅもん》のようにその言葉を胸に繰り返す。これだけ近ければ、フェロモンを感じていないはずはないのだ。

「——よりを戻さないか」

八尋は一気に口にした。

「——……」

主基は絶句した。切れ長の目をまるくして八尋を見つめ、唇は軽く開いたままで黙り込む。

八尋もまた、固唾《かたず》を呑《の》んで答えを待った。

やがて彼の唇が動いた。

「……なんの冗談だよ」

「冗談で、わざわざこんなこと言いに来るわけないだろ……！」

あんなにも恐ろしい思いをして、宇佐美や狩野にひどい迷惑をかけてまで、戻ってきたのに。

「じゃあからかってんのか」

「違う……！」

必死に訴える八尋に、けれど主基は深いため息をついた。

「……よく言えるよな。おまえ、俺のすべてが嫌だって言って出て行ったんじゃなかったっけ?」

「……そうだけど……っ」

勿論、本気でそんなことを言うわけがなかった。あのときはほかに言葉が見つからなかった。……だから。

主基は皮肉っぽい笑みを浮かべる。

「何、また好きになったとでも?」

(……っていうか、ずっと好きだったけど)

でもそんなことを言って、今さら信じてもらえるとも思えなかった。たとえ信じてくれたとしても、きっと重いと思われる。どう答えるのが正解なのか、八尋にはわからなかった。

「……そうだって言ったらどうする」

「さあ。言ってみたらわかるんじゃね?」

するりとかわされたその意味は、聞くまでもないだろう。

ミミつきのフェロモンをもってしても、主基を振り向かせることはできないのだろうか。こんなに近くにいるのに、なんの効果もないのだろうか。

「……おまえさ、俺を見て何も感じないのか?」

「何もって、何を」

「だから……」

（い……色っぽくなったとか、思わないか？）

と聞きたくて、聞けなかった。先刻、西原はそう言ってくれたけど、主基の態度を見ていると、どこが？　と返ってきそうだった。

「……前とは変わったところ、ないか？」

「うーん」

色の薄い目で、じっと覗《のぞ》き込んでくる。視線に晒されて、こっちのほうがどきどきしてしまう。

「ちょっと、……老けた？」

「なっ……」

「冗談だって」

少し意地悪く笑う。八尋は少し膨れた。

冗談にしても、こんなことを言われるようではやはり見込みはないんじゃないだろうか。

もう、話しても無駄なんじゃないか？

「――で？　何が変わったって言うんだよ？」

主基をいくら観察しても、フェロモンを感じているようには見えない。

（畜生、どうして）

もっと感じさせたくて、さらに距離を詰めていく。主基は後ずさろうとしたが、すでに腰はソファの肘掛けに突き当たってしまっているようだった。

すぐ傍に、逃げ場をなくした主基の綺麗《きれい》な顔がある。

(……さわりたい)

と、思った。

(ふれてみたい)

固まっている主基の唇に、自然と引き寄せられていく。

「……っ」

唇が重なった瞬間、心臓がきゅっと痛くなった。

二年ぶりにふれるその中へ入りたくて、軽く吸って舌先で隙間《すきま》をつつく。微《かす》かに主基は唇を開きかけたけれども、次の瞬間、ふいに八尋の肩を摑んで引き剝《は》がした。

「やめろって……! なんのつもりだよ……っ」

怒鳴られて、かっと頬が熱くなった。なんて大胆なことをしてしまったのかと思う。だが、八尋はそれと同時に憤りのようなものを覚えずにはいられなかった。

「……んだよっ、応えようとしたくせに……っ」

「な、……」

一瞬、主基は絶句する。

「……わけないだろ……!」

ふれようとした手を払いのけられる。それほど強い力ではなかったにもかかわらず、八尋はバランスを崩した。

「わっ――」

思わず目の前にあった主基のシャツを摑む。二人はそのままもつれあって絨毯《じゅうたん》に落ちた。

気がつけば、八尋は主基を下敷きにする格好になっていた。

(え……なんで?)

と、八尋は思う。あのまま落ちていたら、自分のほうが下になっているべきではないだろうか。

(まさか……かばってくれたわけじゃない、と思うけど……)

「痛ぅ……」

主基が頭を押さえて床に起き上がる。

「……ったく、なんなんだよ、いきなり……っ?」

そしてふいに言葉を途切れさせた。

「……?」

顔を上げれば、主基の視線は八尋の頭にある。

八尋はそろそろと手でふれてみて、ミミがまる出しになっていることに気づいた。転倒した拍子に、フードが脱げたのだ。

「……っ」

主基の瞳は、見たこともないほど大きく開かれていた。

「……このミミ、本物？」

頷《うなず》くしかなかった。こんなふうにいきなり見せるつもりじゃなかった。ちゃんと説明して理解してもらって、それからのつもりだったのに。

主基はこのミミを見て、いったいどう思ったことだろう。

「どうりで……」

彼は呆然とつぶやいた。

「え……？」

「なんか凄い色気を感じると思った」

「色気……感じる？」

「……ああ」

主基は低く答えた。

彼がちゃんとフェロモンに反応してくれていたことに、八尋はほっとした。何も感じていないわけじゃないのなら、まだ可能性はあるのかもしれない。こっちを向いてもらえるかもしれない。

「じゃあ……」

「――ミミのせいだったんだな」

だがその言葉に、八尋の胸はじくりと痛んだ。

主基が多少なりとも色気を感じてくれているのは、八尋自身に対しての感情ではない。すべてはミミのおかげだ。そんなことは勿論、最初からわかっていた。第一、それをあてにしたからこそ帰ってきたのだ。

(――わかってる)

それでも覚えてしまうせつなさを振り払う。

「……ミミつきのこと、少しは知ってるよな?」

「聞いたことはある。フェロモン?……が、あるんだろ」

「ん……」

八尋は頷いた。

「けど、びっくりした。二年ぶりに会ったら元彼がミミつきになってるなんて、夢にも思わなかった。ミミつきって本当にいたんだな」

「都市伝説だとでも思ってたのかよ?」

「まあ……正直言うとね」

無理もなかった。八尋だってそう思っていたのだ。自分がこんなことになるまでは。

「犬……の、ミミかな?　薄茶色の産毛が生えてて、猫より厚みのある三角の……母親と二人で住んでた頃、隣が飼ってた柴犬のミミにそっくりだ」

当たりだった。

けれど八尋は、主基にそう告げることができなかった。

犬が嫌いなわけではない。けれど自分に生えたのが犬のミミだということは、主基に知られたくなかった。

(――きっと鬱陶《うっとう》しいと思われる)

胸に蘇《よみがえ》りかける子供の頃の記憶を追い払い、八尋は首を振った。

「……違う」

「じゃあ、なんのミミ?」

「……。狐《きつね》」

苦し紛れにそう答えたのは、比較的似て見えるからというばかりではなかった。どうせミミが生えるのならもっと色気を含むような、そういう動物のミミでありたかった。たぶんそのほうが、主基の好みだという気がした。

八尋は美しい銀狐の毛皮を纏《まと》った、主基の何人目かの恋人のことを思い出していた。

「へえ、そう」

主基は手を伸ばしてくる。八尋は思わずびくりと身を縮めた。

ミミに指がふれる。ひさしぶりに主基の指の感触を感じて、痛いほどどきどきしてきた。

温かくて優しい。……気持ちいい。

「……っ……」

漏れそうになる声を抑える。

「……本当に頭から生えてるんだな」

ミミを軽く引っ張りながら、主基は言った。

「……ったりまえだろ……っ」

「いったいいつから」

やわやわと、ときにきつく強弱をつけて擦《こす》られ、ときに軽く引っ張られて、じっとしていられないような気持ちになる。セックスのときの愛撫《あいぶ》を思い出さずにはいられない、彼の手つきだった。

やめろと言えばやめてくれるだろう。なのに、そんな科白《せりふ》は出てこない。手を離して欲しくなかった。

「一年近く前。……そしたら、大学の研究室のほうから研究に協力してくれって言われたんだ。だから契約して、向こうが用意してくれた研究所の中の部屋で暮らしてた。大学にはあまり通えなくなったけど、レポートで単位が取れるように便宜を図ってもらえて」

こんな身の上で単位を取ることに意味があったのかどうか、わからないけど。

「突然戻ってきたのは、契約が切れたから？」

「……ちがう」

肩を竦め、ぴくぴくとミミをひくつかせながら、小さく首を振る。

「……切れる前に、逃げてきたんだ」

「逃げてきたって……」

ミミを撫《な》でていた主基の手が止まった。

「どうして」

「……最初はそれなりに自由もあったんだ。だけどいろいろ事件があってからは、保護のためって名目で、研究棟から出してもらえないようになって」

「事件？」

ミミつきが晒されるような事件といえば、だいたい相場は決まっている。誘拐されかけたり、輪姦《りんかん》されかけたりだ。安全だと思っていた知人に襲いかかられ、未遂では済まなかったことさえ。

「……たいした事件じゃないけど」

八尋は流した。主基には言いたくなかった。

「閉じ込められて、毎日研究のためにいろんな実験に協力させられた。出られないから他にすることもないし、……なんかだんだん自分が本当に実験動物になったような気がしてきて」

「実験動物……」

ミミを弄《いじ》っていた主基の手が止まる。そろそろと視線を上げれば、彼は眉《まゆ》を寄せていた。

「……ひどい目にあわされたのか」

研究協力の名の下に強要されることには、痛いことも、恥ずかしいこともあった。けれど待遇自体は、さほど悪いとは言えなかっただろう。清潔な部屋に住み、食事も悪くはなかった。内部の人間に狙《ねら》われたりセクハラを受けたりすることは多かったが、外の世界にいるよりはまだしも安全だったたし、「人として」不快ではあっても、たしかに保護されてもいたのだ。

契約の解除も更新拒否もままならない恐ろしさは感じていたものの、主基のことさえなければ、あのまましばらくいたってよかった。だけど。

(おまえに会いたかったから)

「……それほどでもないけど」

主基の表情は曇ったままで、心配してくれているのがわかる。八尋がひどい目にあわされて、耐えきれずに逃げてきたのだと思ったようだった。

主基はもともと優しいのだ。誰にでも——別れた相手にさえも。

(だったら)

と、八尋は思う。

(この同情を利用できたら)

敢えて誤解を解かずにこのまま主基の同情につけ込めば、きっとここに置いてもらえる。一緒に暮らすことができる。そしてまたセックスすれば、恋人に戻ることもできるかもしれない。

「あの……」

八尋は思わせぶりに目を伏せた。

「このまま、ここに匿《かくま》ってもらうわけにはいかないか……？」

「……——」

八尋がそんなことを口にするとは思いもしていなかったのだろう。主基が小さく息を飲む気配が、うつむいていても伝わってきた。

言いたいことは、聞くまでもなくよくわかった。主基の頭の中が、見える気がした。——あんな別れ方したのに？　大喧嘩《おおげんか》して出ていっておいて？　よくそんな口がきけたよな。へえ？

「……追っ手がかかってると思うんだ。だから……っ、それにミミつきが一人で生きていくのって大変なんだ。外に出ればウサギ狩りにあったり、そうでなくても襲われたり攫《さら》われたり、危険だから簡単に食べ物を買いにも行けないし、……」

八尋は主基の同情を引き出すため、ミミつきとして生きていく困難さを必死で説明した。

主基は黙って聞いている。けれど訴えれば訴えるほど、二人のあいだに流れる空気はなぜだか重くなっていくばかりだった。

（当たり前か……）

手のかかるミミつきを匿うなんて、きっとひどい迷惑だと思っているのだ。

主基の手がミミから離れる。ほっとしたのと同時に、ひどく寂しくなった。

「……なるほどね」

と、やがて主基は言った。床から起き上がり、八尋から離れてソファへ腰を下ろす。

「たしかに大変だろうな。今までミミつきがどんな生活してるかなんて考えたこともなかったけど。——別れた男にでも頼ろうか、ってくらいには」

うんざりしたような口調に、心が冷える。

（やっぱり迷惑なんだ、すごく）

「……っ別に、ただでとは言わないから……っ」

八尋はぎゅっと手を握り締めながら、つけ加えた。

「ミミつきの生活はたしかに大変だけど、フォローするほうだって大変になるのはわかってるから。……家族でもないのに、一方的に迷惑かけようなんて思ってないし……」

親子だったり、狩野と宇佐美のところみたいに愛しあっている仲なら別かもしれないけど。

（俺たちはそういうのじゃないし）

「へえ。家賃でも払ってくれるわけ」

「……金は今は持ってない」

少し意地悪く問いかけられ、そう答えるしかなかった。

研究室に軟禁状態だった向こうでは金を使うこともなかったので、研究協力費や契約金は口座に入ったままになっている。だがそれを引き出せば、先方に居所が知れてしまうのではないか。

「じゃあ、どーすんの」

口ごもる八尋を、主基は皮肉な笑みで促してくる。

「やらせてくれるとか？　時価十億のミミつきのカラダ」

「――……っ」

八尋は思わず顔を上げた。

「……それで置いてくれるなら」

「おまえ……どういう風の吹き回し？　二度と俺なんかに抱かれるのは嫌だって言って、出て行かなかった？」

「……そうだけど……っ」

はっ、と主基は笑った。

「……なるほどね。よりを戻したいなんて言ったのは、そういうことか。よくわかったよ。

本気で俺に助けを求めなきゃならないほど、おまえが困ってるってことは」

「ちが……っ」

違う。それはむしろ逆なのに。

実際、ここを追い出されたら行くところがないということもある。しばらくなら宇佐美が泊めてくれるかもしれないが、いつまでも世話になるわけにはいかない。

だがこの状況は、主基に会いたくて、八尋が自ら招いたようなものだった。生活のためなら、研究所にずっといればよかった。主基ともう一度やりなおしたかったから、海を越え、危険を冒して帰って来たのだ。失敗したらどうするかなんて考えていなかった。考えたらできなかった。あんな恐ろしいこと。

(おまえに会いたかったから……!)

匿ってもらうことを口実に、また一緒にいたい。それだけ。

「……別にいればいいんじゃね?」

ふいに、主基が言った。

「えっ……」

「別れたけど、一応元義理の兄弟なのは事実なんだし、親戚《しんせき》みたいなもんだろ。部屋も余ってるしな」

でも、と主基は続けた。

「家賃のほうは遠慮しとく」

「な……っ」

八尋はその言葉にひどい衝撃を受けた。

「なんでだよ……っ、このミミが目に入らないのか……⁉」

荒げた声の最後は、情けなく泣き声のようになった。からだを拒絶されたら、どうしたらいいかわからなかった。

「ちゃんと見えてるけどさ」

「だ……だったら……っ、フェロモン感じるって言ったじゃんか。十億で取引されるミミつきのからだ、興味あるだろ⁉ 我慢することないんだぜ。おまえそもそも見境ないもんな……！」

主基はわずかに瞠目《どうもく》した。そしてすぐに瞳が伏せられる。言葉が過ぎたと思っても、後の祭りだった。

主基はさめた顔でため息をついた。

「おまえは本当に俺のことわかってないね。一応、長いつきあいだったのに」

「え……？」

「いや……、たしかに見境ないかもね？」

主基は冷たい笑みを八尋に向けた。

「だけどつまり、飢えてもないんだよ。わかる？——相手なら、他にいくらでもいる」

「——っ……」

（わかってるけど）

敢えて別れた相手を、しかも自分なんかを相手にしなくても、主基が不自由してないことなんて。

（それでも、少しくらいめずらしがってくれてもいいのに）

八尋自身がダメでも、せめてミミつきとしてのからだくらいは。

「……ミミつきとやれるのに、惜しくないのかよ……っ」

「別にミミつきとやりたいなんて思ったことないから。だいたいミミつきのからだって、そんなにふつうと違うもんなの？」

「……」

「ミミつきになって、前と変わった？　滅茶苦茶《めちゃくちゃ》具合よくなったとか？」

八尋は答えることができなかった。

ミミとしっぽが生えた以外、特にからだが変わったわけではないのだ。フェロモンがあるだけで、八尋のからだ自体は前と同じ、貧弱なものに過ぎない。たいした魅力があるわけではない。

胸が苦しくて、呼吸が上手くできなかった。シャツの胸をぎゅっと摑む。このままだと泣いてしまいそうだった。

（ミミつきになっても、おまえを惹きつけることができないなんて）

向こうでは、こんなんじゃなかった。ミミつきと見れば襲いかかってくるようなのばかりだった。研究所で会った男たちは、たいてい誰でも八尋のフェロモンに惹かれ、夢中になったものだった。二人きりでこんなに近くにいたら、ほぼ絶対に手を出そうとしてきた。そうでない男もいないわけではなかったが、たいていはそうだった。危ない目にあったことも数えきれなかった。――その程度では済まなかったことも。

なのにどうして、効いて欲しい男には効かないのだろう。

なぜ主基だけは。

「……っもういい、わかったよ……っ」

ここへたどり着くまでの苦労を絶望とともに思い出し、ぼろぼろと涙がこぼれてきた。目論見《もくろみ》は失敗に終わった。少しも主基を振り向かせることはできなかった。本当にもうだめなんだと思うと、何もかもどうでもいい気がした。

（おしまいだ）

「邪魔したな……！」

八尋は自棄になって部屋を出て行こうとする。このまま通りに飛び出し、ウサギ狩りにあったとしても、別にかまわなかった。輪姦されて、犯《や》り殺されたらいっそすっきりするかもしれない。

　その手首を、ふいに掴まれた。

「待てよ……！」

「っ、離せよ……‼」

「なんで出てくんだよ？　別にいてもいいって言ってるだろ⁉　おまえこそ俺のからだが目当て――」

「バカ‼」

　思わず怒鳴りつける。

「ただ俺は……っ、そういう施し受けるみたいのはやなんだよっ、……迷惑かけるだけみたいのは……っ」

「じゃあ出ていってどうすんだよ⁉　俺の代わりに、さっきの男にでも家賃払うのかよ⁉　おまえのほうがよっぽど見境ねえんじゃねーの⁉」

「は……⁉」

　唐突に出てきた単語に、誰のことを言われたのか、すぐにはわからなかったほどだった。少し考えて、狩野のことだと理解する。八尋は失笑した。狩野には、あんな綺麗な恋人がいるのに。

「まさか」

「へえ、そう？」

立ち上がった主基は、白い目で見下ろしてくる。八尋にはその視線の意味がよくわからなかった。

摑まれたままの手首を強く引かれ、バランスを崩してソファに倒れ込む。かと思うと、主基が覆い被《かぶ》さってきた。

「主基……⁉」

何が起こったのか理解できないまま、八尋は彼を見上げた。

「どうしてもからだで家賃払いたいって言うんなら、受け取ってやるよ」

と、主基は言った。


「あ……」

ソファに押し倒され、ジーンズの前を乱暴に開けられる。そして昔と同じ手際のよさで、下を剝《む》かれた。

明るいところで肌を見られるのが恥ずかしい。つい隠そうと身をよじると、そのまま裏返してうつぶせにされた。

「へえ……しっぽもちゃんと生えてるんだ」

主基は軽くしっぽを引っ張って、つけ根のあたりを眺める。

「当たり前だ……っ見んなっ……」

「やっぱ犬のしっぽみたいだな」

「……るさい……っ、いいだろ、なんでも……っ」

「孔《あな》、まる出し」

からかうように言われ、かあっと全身が熱くなった。

ジーンズの中に隠すときには無理に伸ばしてあるしっぽも、脱いでしまえばくるりと上を向き、巻いてしまう。しかも四つん這いになって腰だけを高く掲げた、まるで犬そのもののような格好だった。

姿勢を変えようとした途端、後ろにやわらかく湿ったものがふれ、八尋はびくりと身を縮めた。

「あ……ッ」

その感触が何か、すぐにからだは思い出す。羞恥《しゅうち》に沸騰しそうになる。

「そ、それ、やだ……っ」

「前は凄く好きだっただろ。好み変わった?」

「……っ」

凄く、を強調して言われ、ますますいたたまれなくなった。以前だって、好きだったわけではないのだ。恥ずかしくて嫌だった。……なのに、気持ちよすぎて抵抗できなかっただけだった。

「ひっ……」

指で窄《すぼ》まりを広げられ、舌先で孔のまわりをたどられる。八尋は手近にあったクッションをぎゅっと握りしめ、顔を埋《うず》めた。

「う……っ」

数年ぶりでふれるからだに、よくいきなりこんなことができるものだと思う。この家に潤滑剤がないとも思えないし、取りに行くのも面倒なのだろうか。

「……ぁ……やぁ……ぁ……っ」

入って来そうで来ない舌に、襞《ひだ》をいちいちなぞるように舐《な》められ、喘《あえ》ぎを殺そうとしてもできなかった。焦《じ》れったくて腰が揺れる。中まで欲しいと思ってしまう。

（はしたない……）

それでも突き出して求めてしまうのを抑えきれない。

「あッ――」

期待に応えるように、舌先がぐち、と音を立てて入り込んできた。

（主基の舌、が）

からだの中にふれている。行為の快感以上に、そのことにぞくぞくした。

内壁を舐められ、唾液《だえき》を流し込まれて濡《ぬ》らされる。ぐちぐちと繰り返され、やわらかいのにざらつくその感触に、脳が焼けそうになる。

「んっあっあっ、や……ぁあ……っ」

声が抑えきれない。

「も、もうい……ぁっ」

「もうイくの？」

「ばっ――」

違う、と言葉にするかわりに首を振る。そんなに慣らさなくても、挿《い》れてもいいと言いたかったのだ。

「へえ、そう？　痛くても、いいから。こっち、ぐしょぐしょだけど」

「ひあっ――」

主基は前を握り込んでくる。八尋はびくんとからだを震わせた。そこにはたしかに、恥ずかしいほど濡れた感触があった。

先走りを絡めた指が、後ろにふれてきた。

「……っ」

八尋は小さく息を呑む。

「あれからココ使った？」

鬢を撫でながら問われたが、八尋は答えられなかった。

（ミミつきになってから、いろいろなことがあった）

思い出したくもない記憶。そして自分が忘れたい以上に、主基には知られたくなかった。

（でも……もし知ったら、妬《や》いてくれるだろうか）

そんな思いが、ふと心を掠《かす》める。試してみたくて、やはりできなかった。これ以上、嫌われるのが怖かった。

「どっちだよ？」

「どっちでもいいだろ……っ」

「……使ったんだ」

主基は、答えないのを肯定と取ったようだった。

「じゃあ期待してもいいかな。上手になってるかも、って」

主基のそんな言葉は、八尋にはひどく痛かった。

（ばか）

嫉妬《しっと》してくれるかもしれないなんて、本気で思っていたわけじゃないけど。

（言うに事欠いて、それかよ……っ）

「そ……そっちこそ……っ、数こなしたぶん上手くなってんだろうな……っ」

「たぶんね」

自棄のように返した言葉に、主基はあっさりと答えた。

「……っ」

この二年、八尋の性体験と言えば踏みにじられるだけの、ミミつきとしてのものでしかなかった。なのに主基は、どれほど多くの美しい相手との恋を愉《たの》しんできたのだろうか？

(もしかしたら今だって)

つきあっている誰かがいるのかもしれない。

じわりと滲《にじ》む涙を、クッションで拭《ぬぐ》って隠す。

「――ちょっとやりにくいな」

と、主基は言った。

「おまえ、自分の手で広げててくれる？」

「なっ――」

かっと全身が真っ赤になるのがわかる。肩越しに恨みがましく睨《にら》めば、主基は意地悪く笑った。

「からだで払うんだろ」

そう言われたら、返す言葉がなかった。ここでやめて欲しくなかった。最後まで抱いて欲しかった。

頬をクッションに埋め、そろそろと両手を後ろへ伸ばす。それをじっと眺めている主基の視線を意識せずにはいられなかった。

肉の薄い尻《しり》を摑み、自らそろそろと左右に広げた。自分自身でさえ見たことのない孔が、主基の前にすっかり晒される。恥ずかしさでおかしくなりそうだった。

主基の指が中心にふれ、八尋はびくんと背を反らせた。

「……ひっ」

ひくりといやらしく開閉してしまうからだを、どうにもコントロールできない。

舌ですっかり溶かされたところへ、主基は指を挿し入れてきた。

「あ、……っ」

ぐり、と襞を引《ひ》っ掻《か》く。

「……や、あぁあっ——」

その瞬間、驚くほどあっけなく、八尋は達していた。

自分でも信じられずに、肩で荒く息をつく。

「……簡単にイクもんだな」

と、主基は揶揄《やゆ》した。

「誰に開発されたんだか」

「……」

「なっ……」

それは違う、と言いたかった。ミミつきになってから、いろいろなことがあった。だけどこんなふうに感じたことなんて、一度だってなかった。

気持ちいいのは、主基がさわってくれるからだ。からだの中の一番皮膚の薄いところに、ふれられてると思うから。

ひとことでも言いたくて、振り向きかけた頭を押さえつけられる。

指が手荒く引き抜かれると同時に、もっと熱くて硬いものが押し当てられてきた。

「──っ」

その瞬間、ふいに蘇ってきた記憶があった。一瞬、後ろから挿入しようとしている男が誰なのかわからなくなり、からだが強ばる。

(おまえが変なこと、思い出させるから)

いや、と言いかけた言葉を、八尋はかろうじて飲み込んだ。そんなことを言ったら、きっと主基はやめてしまう。

(……顔を見たい)

振り向きたい。けれどできない。

八尋のからだの強ばりに、主基は気づいたようだった。

「……何、ここまできてイヤとか？」

「あ……」

頭を摑んでいた彼の手が緩み、八尋はそろそろと振り向く。声が聞こえ、主基の顔が見えたとたん、ひどくほっとした。

「どうしたんだよ……?」

「……」

八尋は首を振った。

「なんでもない。——大丈夫だから」

もとどおり頭を伏せ、おとなしく尻を差し出す。

「い……挿れて」

「八尋……」

思いきり後ろを広げて促せば、驚いたように主基が呟《つぶや》く。

(あ……名前)

自分の名を呼ぶ主基の声を聞くのは、ひどくひさしぶりのことだった。再会してからは、これが初めてだと思う。

(……主基)

たったそれだけのことで、胸が痛くなる。あてがわれた熱が主基のものだと意識して、また泣きたくなった。

ふいに主基が言った。

「――挿れられるの、そんな嬉しいの？」

「え……？」

じわりと潤んだ目で振り向けば、茶色いものが、ぱたぱたと左右に振れているのがちらりと見えた。八尋自身のしっぽだった。

「あ……ちが、これは」

全身が火照った。ミミやしっぽは、動物と同じように反応するわけではない。しっぽを振るのは、犬なら喜んでいる証拠でも、人の場合はそうとは限らないはずだった。少なくとも、そう言われていた。

けれどそれを説明する暇もなく、

「雌犬《めすいぬ》みたいだな」

と、主基は言った。ミミのつけ根に歯を立てられると、ずきんと下腹が疼《うず》く。

「はっ……」

狭い入り口をくぐって、先端がもぐりこんできた。

（挿入《はい》ってくる……中に、主基が）

「……あ……っはぁ……っ」

慣らしが十分でなかったためか、挿入は少し辛《つら》かった。それでも、しっぽが揺れているのが、自分でもわかる。

（そんなに嬉しいのか、俺は……）

犬のしっぽだからと言って、犬と同じ反応をするとは限らない。わかっていても、自嘲《じちょう》がこぼれた。本物の犬のようなその動きを止めたくて、でも自分の意志ではどうにもならなかった。

主基は強引に腰を進めながら、ミミを食《は》んできた。

「ここ、気持ちいいの？」

「……っ」

甘嚙《あまが》みされれば、溶けるようにからだが緩む。その隙を縫うように、奥へ埋め込まれた。

「あ……あぁぁっ――」

前立腺《ぜんりつせん》を擦り上げられ、きついくらいの快楽が貫いてきた。さっき達したばかりだというのに、それだけでまた昇りつめてしまいそうになる。

だが八尋が再び極めるより早く、主基は痛いほど強く性器を摑んできた。

「ひぁ……っ、あぁぁ……っ」

八尋は悲鳴をあげた。

「やだ、や、離し……っ」

「――だめ。もう少し、愉しませてくれないと」

主基は、離させようと伸ばした八尋の手を阻み、そう囁《ささや》いてきた。ひどい、と思う。だけど逆らえなかった。主基に愉しんで欲しかった。

こんなふうに扱われたことは、前にはなかった気がする。つきあっていた頃は、いつだって主基は優しかった。

（あの頃とは違うんだ）

ささやかな抵抗を諦めた八尋の中を、主基は蹂躙《じゅうりん》する。

「ああ——あ……あぁ……っ」

八尋はそれを締めつけ、食い締めた。二年ぶりに受け入れるにもかかわらず、しっくりと嵌《はま》る感じがした。

ミミのつけ根を噛まれ、ぞくぞくと背筋を震わせる。

八尋はそのまま、堰《せ》き止められる辛さと気持ちよさにぼろぼろと涙を零《こぼ》しながら、揺さぶられ続けた。

2

主基と出会ったのは、八尋がまだ小学生だった頃のことだった。

八尋は九歳、主基は十二歳。八尋の父親と、主基の母親が再婚して、二人は義理の兄弟になったのだ。

三つしか違わないとはいえ、すでに中学生になっていた主基は、ずいぶん大人っぽく見えたものだった。そして彼の華やかな容姿と明るい性格は、引きこもりがちな八尋には、とても眩《まぶ》しく見えた。

八尋は最初のうち、降って湧《わ》いたような新しい家族にひどく戸惑った。

そもそも、八尋は家族というものをよく知らなかった。母親は八尋を産んだことが原因で亡くなり、まったく記憶がなかったし、父親は八尋を放りっぱなしで仕事ばかりしていた。たぶん、妻を失う原因となった八尋が疎ましかったのだと思う。なんとなく、それは八尋にもわかっていた。

人づきあいが苦手で内向的なうえに、突然決められた再婚への反発もあって、八尋は新しい家族に馴染《なじ》もうとしなかった。

当然、主基の母親は八尋を嫌った。というよりまったく関心を払わなかった。元モデルでモデルクラブを経営し、煌《きら》びやかな世界に生きていた彼女は、そもそも子供自体も好きではなかったらしい。

だが、主基にだけは違っていた。

八尋には母親らしくかまうということがなかった彼女も、主基のことは可愛がっていた。美しいものが好きだった彼女は、自分の息子だからというより、主基という自分に似た綺麗な少年を愛《め》でていたのだと思う。実際、中学生になるまでの主基は彼女のモデルクラブで子供服のモデルをしていて、写真を見せてもらっただけでもうっとりするくらい可愛らしかったのだ。

主基もまた、美人で若々しい母親を誇り、愛していたようだ。どうかすると親子というより、貴婦人とそれをエスコートする騎士みたいにさえ見えた。

そして八尋に対しては。

可愛がってくれた、というのとは、少し違うのかもしれない。どっちかといえば、苛《いじ》められてたというほうがまだ近い。でもそれもちょっと違う気がするんだけれど。

(……でも、とにかくかまってくれた)

可愛い、と思ってくれていたわけではないだろう。あんなにも輝くように綺麗で、男女問わず誰にでも好かれていた男が、八尋のことなど気に入ってくれるはずはない。

(まあ、主基に限らず誰だってそうだろうけど)

実の父親にさえ好かれてはいなかったのだ。

まだ物心もあまりつかない頃、纏わりついては邪険に振り払われた記憶が微かに胸に残っていた。父親は言った。

——犬っころみたいで鬱陶しい
と。

だがそれも、別に父親が悪いというわけでもない。妻の死を思い出させるとはいえ、八尋がもっと明るくて性格がよかったり、美しい顔立ちをしていたら、父の態度だって違っていたはずなのだ。

主基は、八尋の家で一緒に暮らすようになると、よく学校の友達を連れてきた。人気者の彼は、友達も多かった。

リビングの大きなテレビでゲームをしている彼らの傍をたまたま通りかかり、

——おまえもやる—?

初めてそう声をかけてもらったときには、ひどく驚いたものだった。

義兄弟になったとはいえ、自分の主基に対する態度は、決して褒められたものではなかったはずだった。父に強制されて最初の挨拶だけはかわしたものの、そのあとはろくに口をきいたことさえなかった。
たぶん、主基は軽い気持ちで言ったのだろう。
けれどそんなふうに遊びに誘ってもらったのは、八尋にはほとんど初めてのことだった。
引っ込み思案が災いして、学校でも親しい友達はいなかったし、同年代の親戚もいなかった。
父親に遊んでもらったことも、勿論なかった。
——いや、俺は
——下手だから恥ずかしいんだろ
——な、っ
——いいからやってみろって……！
戸惑う手を引かれ、コントローラーを渡される。八尋は必死に頑張ったが、ゲーム初体験の小学生では下手すぎて、あっというまに負けてしまった。
——じゃあジュース買ってきて
最下位の者が買い出しにいく決まりなのだと知ったのは、負けたあとの話だ。
——ずりーぞ、おまえ……！　こんなの勝てなくて当たり前だろ、初めてなんだから！
——悔しかったら強くなるんだな
と、主基は笑った。
ひどいと思う反面、本物の兄がいたらこんな感じなのかも、とも思う。

けれどそう納得して出かけようとすれば、主基はさりげなくついてきてくれたりもするのだ。こういうことがさらりとできるから、もてるのかもしれない、と子供の八尋でも感心するくらいだった。

初めてのTVゲームは楽しかった。そして主基はそのあとも、気まぐれに自分たちの遊びに入れてくれた。八尋は主基の悪友たちとのつきあいから、次第に他人とのつきあいかたを覚えていったと言ってもよかったかもしれない。

また、主基はときには食事をつくってくれることもあった。

義母は家事をまったくしない人で、通いの家政婦が来てくれていたが、食べ盛りの男子二人、彼女がいないときに小腹が空《す》くことも少なくなかったのだ。勿論、自分が食べるついでに八尋のぶんのラーメンもつくるという程度だが、八尋にとって、「仕事として」つくられたのでない料理は、やはり初めてのものだった。

可愛がられていた、とまでは思わない。決して素直にも振る舞えなかった。それでも何かとかまわれて、嬉しくて、少しずつ主基に馴染んでいった。両親が離婚し、主基が家を出ていってからも、繋がりが切れることはなかった。

(俺が切れないように頑張ってたからだけど)

子供の頃から、かまってくれたのは主基だけだった。だから懐いた。

それがいつのまに恋心に変わったのか、自分でもよくはわからない。

ただ、主基はたいていいつでも誰かと一緒にいた。恋人を切らしたことがなかったし、友達もたくさんいた。家で二人で喋《しやべ》っているときでも、携帯が鳴らないことがなかった。

そんなのが、凄く嫌だった。

恋人が来れば、二人で部屋にこもる。出かけて一晩帰ってこないこともあった。そんなときは、胸をかきむしりたいくらい苦しかった。

その頃にはもう、主基のことを好きになっていたのだと思う。

だけど自分が彼の恋人になれるなんて、これっぽっちも期待してはいなかったのだ。

主基の好みのタイプは、男も女もとにかく「美人」に限られていた。美しくて、洗練されたしなやかさを持ち、そしてさらっとした恋を楽しめるクールな大人。綺麗なものが大好きだというその美意識は、とても主基らしかった。

けれど八尋は童顔で、色気とはほど遠いタイプだったし、特別整った顔はしていない。

それに何より、条件に当てはまるならほとんど相手を選ばなかった男が、すぐ近くにいる八尋にだけは、決して手を出してこようとはしなかったのだ。そのことが、自分ではだめなのだという証拠のように思えた。

なのになぜ、曲がりなりにも主基とつきあえることになったのか——

きっかけは、八尋の二十歳《はたち》の誕生日のことだった。

――二十歳の誕生日、何が欲しい？

と、主基が聞いてくれたから、

――じゃあ、せっかく解禁になったんだから、朝まで飲みたい。勿論、おまえの奢りで
内心では仔犬《こいぬ》のようにしっぽを振りながら、それをおくびにも出さないように気をつけて、
八尋はそう答えた。物をもらうより、主基に会いたかった。酒も奢りも口実に過ぎなかった。

――解禁も何も、前から飲んでただろ
主基は苦笑しつつも、

――まあいいけど？

と、言ってくれた。

待ち合わせたのは、主基が住んでいる家の最寄《もよ》りの駅だった。両親が離婚して以来、主基は母方の祖母から相続した古い洋館で暮らしていた。

殺しても死ななそうだった義母もやはり例の伝染病で亡くなり、主基はその後、モデルの仕事を再開した。義母の事業は実際には火の車で、彼女の死後は整理せざるを得ず、生計を立てるためでもあった。

俳優としても声がかかってそろそろテレビにも出はじめていたが、とはいえこの頃はまだ

あまり顔も売れてはいなくて、外で待ち合わせることにも問題はなかった。

改札を出ると、柱に凭れて立っている主基の横顔が目に飛び込んできた。

「あ……」

――綺麗な格好、しておいで
と、八尋に言っていた通り、主基もまた、カジュアルだがスーツを纏っている。

(目立つ……)

というか、目を引く。スーツ自体はさほど派手なものではないのに、絵になる姿だった。

八尋は名前を呼んで駆け寄ろうとし、だがふとその足を止めた。主基が誰かと喋っていたからだ。

主基と同い年くらいか、もう少し上くらいの青年だった。小柄だが雰囲気は大人っぽく、どことなく色っぽい。

途端にもやもやしたものが込み上げてきた。

(……誰?)

知り合いか、ナンパか。主基は自分からも気軽に声をかけるけれども、かけられることも多いのだ。

(外見だけはとびきりだから)

そう思って、

（——いや、だけってわけじゃないけど）

と、やや不機嫌に訂正する。自分なんかにまでちゃんとかまってくれる主基の優しい性格も、やっぱり大好きだからだ。我ながらちょっと情けなくなるくらいに。

（主基にはあのナンパの人も俺も大差ないのかもしれないけど……）

主基は少しだけ困ったような、でもやわらかい表情をしている。むかついているにもかかわらず、八尋は一瞬見惚《みと》れてしまう。

（でも、今日は俺の誕生日のはずなのに）

しようがないなと思いながら近づけば、二人の話し声が聞こえてきた。

「……誌でモデルやってた頃からずっとファンなんです」

（あ……なんだ、知り合いでもナンパでもないのか）

八尋は少しほっとした。同時に、そういえば主基は芸能人だったんだ、と思い出す。まださほど有名ではないと思っていたけれども、実際にはもうずいぶん顔が売れてきているのかもしれない。

主基の仕事が成功しつつあることが嬉しい反面、少し寂しくもある。なおさら遠くなっていくようで。

（……そんなにいい笑顔、見せてやることないのに）

ファンと笑いあう姿に、つい嫉妬を覚えてしまう。

（何鼻の下のばしてるんだか……っ）

とはいえ、ファンが大事なのはわかるので、じりじりと待つしかなかった。

「頑張ってください」

「ありがとう」

ようやく相手が主基から離れる。去っていく青年を見送る主基の後ろから、八尋は声をかけた。

「……たらし」

主基が振り向いた。

「ああ、おまえこそ遅刻じゃん」

「来てたけど、邪魔しちゃまずいと思って待ってたの」

「へえ、気を使えるようになったじゃん」

からかうような口調で、主基は微笑した。

「ま、とにかく行こうぜ」

軽く背中を押して、促される。笑顔と、ふれた感触にさえどきどきした。

（本当に、我ながらどうしようもない）

と、八尋は小さくため息をついた。

つれて行かれたのは、ホテルの最上階にある洒落《しゃれ》たバーだった。

エントランスを入ると、目の前に夜景が開ける。

「うわ……」

これまでも主基と飲んだことは何度かあるが、学生らしい居酒屋がほとんどで、この手の店に来たことはなかった。

「誕生日だからね」

目をまるくする八尋に、主基は言った。

一番奥のカウンターへと案内される。途中、テレビなどで見たことのある顔をいくつも見つけた。

(そうか……主基も、こういう人たちの仲間なんだ)

「何にする？」

と、聞かれてメニューを見ても、横文字が正直さっぱりわからなかった。戸惑っていると、主基は言った。

「適当に選ぼうか」

「……うん」

一緒に暮らして、一緒に食事をしていた期間が長いから、お互いの好みはだいたいわかっている。任せると、主基は八尋にはカクテルを、自分には水割りを注文した。

「……カルアミルク？」

「甘いやつ」

好きだろ？　と問われれば、たしかに甘いものは好きだった。でも名前からして子供っぽい気がして——大人としては相手にしてもらえないようで、少しだけ引っかかる。

「可愛いの選ぶんだねえ」

そのとき、ふいに後ろから声をかけられた。振り向けば、やはりどこかで（たぶんテレビで）見覚えのある男が立っていた。

「まだ子供だからね」

主基の知り合いらしい。彼はさらりと答える。

やっぱり子供あつかいなのかと、八尋はむくれた。ちょうど来たカクテルがコーヒー牛乳のような色をしていて、その気持ちに拍車をかける。

「その子新しい恋人？　さすが手が早いねぇ、こないだは別の子つれてたじゃん。あいつに言っちゃうよ」

主基の知人らしい男のその科白に、八尋はぴくりと反応してしまう。

（別の子——って）

主基の今の恋人のことだろうか。

「違うって、こいつはそういうんじゃねーよ」

と、主基は言った。

主基自身のはっきりとした否定に、八尋の胸はずきんと痛んだ。

(そりゃ、義弟だから「違う」っていうのはわかるけど)

でも別に血が繋がっているわけではないのだ。それに、たとえそうだったとしても、男同士で子供ができるわけでもないのに。

(まあ今の時代なら、たとえ実の兄弟のあいだにできた子供だろうと、生まれれば大歓迎されるだろうけど)

主基は別に間違ったことは言っていない。なのに、八尋の不機嫌はいっそうひどくなるばかりだった。

「え、違うの？　ま、言われてみりゃ、タイプ違うけどね」

(ほっとけよ)

主基の好みのタイプじゃないことくらい、言われなくてもわかっているのだ。

けれど他人の公平な目で見ても、やっぱり「違う」のかと、八尋は暗澹《あんたん》たる思いでカクテルを呷った。

「じゃあ酔い潰《つぶ》して変なことしようとか？」

「しねーよ」

「どうだか。いつもの感じとは違うけど、可愛い子じゃないの」

「やめろって。怯《おび》えるだろ」

「へーえ」

男はもの言いたげに苦笑する。

（？）

「じゃ、俺も待ち合わせだから」

彼はボックス席のほうへと姿を消していった。

主基はそれを見送って、

「じゃあ、とりあえず乾杯」

自分のグラスを差し出してきた。

「誕生日、おめでとう」

「あ……ありがと」

八尋ははっとそれに応える。グラスがふれあって、軽い音を立てた。

いくら不機嫌でも、じっと見つめられればやっぱりどきどきしてしまう。服装の違いもあって、いつもよりさらに綺麗に見えた。

（……どんな人なんだろう）

主基が今、つきあっている恋人は。

彼を独占できるのはどんな人なのか、知りたかった。

（どっちにしろ、俺とは似てもにつかない大人っぽい美人なんだろうけど）

グラスを一気に呷り、八尋は軽く咳《せ》き込《こ》んだ。

「ああ、ほら。飲みやすいからってそんながぶ飲みしたら……それなりにアルコール度数あるんだから」

「おかわり！」

バーテンダーを捕まえ、耳も貸さずに注文する。

主基はやれやれと肩を竦めた。


飲みやすさにだまされ、主基と一緒にいる楽しさと、対象外が確定した自棄のような気分で、滅茶苦茶に飲んだ。主基が止めるのも聞かず、それどころか彼にも無理に飲ませたり、彼の水割りまで奪って飲んだりした。

他愛もないことを喋り続けて、愚痴ったり、絡んだり。

帰るのが面倒だから、このまま泊まりたいとねだってホテルに部屋を取ってもらい、ルームサービスまで取ってまた飲んだ。

そのあたりまでで、八尋の記憶は途切れている。

翌朝、目を覚ますと、すっかり室内は明るかった。

「ん……？」

眩しい太陽に瞼《まぶた》を瞬《しばた》かせる。頭ががんがんと痛んだ。

（そう……いえば、昨日は主基と飲んで、つぶれて、それから……？）

額を押さえようと手を伸ばし、八尋は自分が服を着ていないことに気がついた。

「……っ⁉」

おそるおそる隣を見て、心臓が止まりそうになる。主基がいた。しかも、彼もまた服を着ていなかった。

「あ、あ、あ……」

八尋は昨夜《ゆうべ》のことを思い出そうとする。

（部屋を取ってもらって、絡んで、絡んで、それから）

ふいに耳に蘇る甘い声。

——可愛い
囁きながらふれてくる主基の指。

——ほんとに可愛い……

全身がかあっと熱くなる。反射的に起きあがろうとして、腰がずくんと痛んだ。

(もしかして、俺……本当に主基と)

呆然として、まともに思考が結べない。

(いや、でも夢かもしれない。よく覚えてないし……)

けれど頭を抱えれば、腕の内側に薄紅い鬱血の跡を発見してしまう。

(もしかして、これって……⁉)

そのとき、横でもぞもぞと動く感触があった。

八尋ははっとして、再びその顔を見下ろす。その途端、記憶の一部がおぼろに蘇ってきた。

――おやすみ
髪をかきわけた額に、主基は映画のようなしぐさでキスしてきた。酔っているにもかかわらず、きゅっと心臓がはねた。自分にこんなことをするなんて、主基も酔ってるんだと思った。

――どこ行くんだよ
ベッドから離れようとする主基のシャツの裾《すそ》を、八尋は握りしめた。

――自分の部屋。もう一つ取ってるからさ
――……っ、なんでだよ……⁉

信じられなかった。手を出してくるかもなんて思っていたわけではないけれど、この状況で、別の部屋を取るなんて。

――ここで寝ればいいだろ⁉　なんでわざわざそういうことするんだよ⁉

――なんでって言われてもね……、ここ一個しかベッドないし
――でもダブルだろっ
――いや、それに明日、朝早いしさ。一限あるから行かないと……この頃、仕事でさぼってばっかで
主基が口にする言い訳のような理由を聞くうちに、八尋の目からはぼろぼろと涙が零れて止まらなくなった。

（どうして俺じゃだめなんだろう）

答えのわかりきった問いを、また胸に繰り返す。

綺麗じゃないし、洗練された色気もない。隣にいても主基が恥ずかしくないよう、いくら気をつけても、やっぱりどこか垢抜《あかぬ》けないままだ。

（いつもこいつが連れてるモデルみたいな綺麗な人たちと、全然違う）

性格だって素直じゃないし、機知に富んだ洒落たやりとりもできない。

ふさわしくない。でも、思わずにはいられない。

ずっと近くにいるのに、と。

（そんなに取っ替え引っ替えしてるくらいなら、そのうちの一人にくらい、してくれたって

……っ）

――え？　おま、なんで――

主基はひどく驚いていたと思う。八尋は握ったままの主基のシャツを思い切り引っ張り、ベッドの中に引きずり込んだのだ。

（――俺が、誘ったんだ……）

思い出せば、認めないわけにはいかなかった。

主基も酔ってた。

（俺はそこにつけ込んで）

やがてゆっくりと主基の瞼が開き、八尋をとらえた。

（主基）

主基がこのことをどう思うのか、恐ろしくてならなかった。

「ん……？　なんで、おまえ……」

主基は言いかけて、瞳を軽く開く。八尋を見つめる。

八尋は思わずシーツを引き寄せて、からだを隠した。火照ってたまらなかった。

主基は起き上がり、何も答えられない八尋の手をつかんだ。二の腕のやわらかいところに残る跡に気づき、その視線が肩から首へと上がってくる。

その視線を追って、八尋もまた腕だけでなく、自分のからだに残されたたくさんの跡に気づく。さらに肌が赤く染まり、八尋はますます強くシーツを引き上げた。

主基もよく覚えてはいないらしい。たしかに八尋ほどではないとはいえ、彼もまたかなり飲んでいたのだ。

(たしかに……理性が残ってる状態だったら、やったわけないよな)

と、思わないわけにはいかなかった。

(しかも、俺が誘ったから)

記憶もそうだが、抱いている最中だって、腕にいるのが八尋だという認識が主基にあったのかどうか、怪しいところだった。

──可愛い、……ほんとに可愛い
主基は頭を抱え、深くため息をついた。

「ああ、まじか……」

それを見て、八尋はさらにせつなくなった。

(そんな、いかにも「やっちまった」って顔で言わなくてもいいのに……!)

腹立たしさで、気がついたら枕《まくら》を摑んでいた。ぼすぼすと何度も主基に叩《たた》きつける。

「ちょ、やめろって!」

主基は手でそれをガードした。

「悪かったって、こんなつもりじゃなかった、まさかおまえに手を出すなんて」

「っ……」

その科白を聞いた途端、またふいに涙がこぼれた。

「え？　ちょっ、……八尋」

「うるさいっ、このスケベっ、最低野郎っ」

狼狽《うろた》える主基に、枕を叩きつけ続ける。

（本当にあやまちだったんだ）

そのことを思い知らされる。主基にとっては、たしかにそうだっただろうけど。

（俺なんかに手を出すなんて、俺から誘わなかったらきっと、一生なかった）

本当は、主基のせいじゃない。一応謝っているだけ偉いと言ってやってもいいだろう。

（……でも、あんなに可愛いって言ったくせに）

だからこそとろけるように抱かれてしまったのだ。

（やっぱり嘘《うそ》だった）

というよりは、たぶんセックスをするときの習慣のようなものなのだろう。相手が誰でも口にする科白で、深い意味などないのかもしれない。

「痛いって……！　こら」

枕を取り上げられそうになる。八尋はそれを死守した。ぎゅっと胸に抱きしめ、顔を埋める。泣き顔を隠す。

「なあ……」

そっと頭に主基の手がふれてきた。

「やっぱ初めてだった？」

「っ、るさい……っ」

かあっとまた体温が上がる。

「……違うっ」

「へえ、そう？」

主基にしてみれば、見え見えの嘘だっただろう。それでもそう答えずにはいられなかった。

これ以上重く思われたくなかった。

「どうしたら機嫌直してくれる？」

「……」

八尋は答えることができなかった。

黙り込む八尋に、主基はため息をついた。

「じゃあさ、これからどうしようか」

「……これから……？」

枕から目だけを覗かせる。

主基の言う意味がわからなかった。そこまで頭が回ってもいなかった。目の前の事実を受け止めるのに、八尋は手いっぱいだったのだ。

「俺のこと許せないなら、絶交とかする？」

「え……」

つい、呆《ほう》けたような声を漏らしてしまう。

絶交なんて、したいと思っているわけがなかった。だいたい今だって、怒っているというのとは、少し違うのだ。

主基はたぶん、わかっていて突きつけてきているのだろうか。八尋が、自分を嫌えないことを。

（ずるい）

泣きたいような気分でそう思う。それとも、八尋がそれを選べばそれでもいいと思っているのかもしれない。だとしたら、もっとひどい話だった。

結局、それが嫌なら、何もなかったことにして水に流すしかないのだろう。

そうするのが妥当だ、とたしかに八尋も思った。

「それとも」

だが、主基は言った。

「こういうことになったんだし、いっそつきあってみる？」

「え……!?」

八尋は耳を疑った。——今、なんて？

「じょ、冗談……っ」

「いや、ほんとに」

「な、何言ってるんだよ……!?　おまえ、そんな、だいたい、他にいるくせに……っ」

「他って？」

「言ってたじゃんか、あの店で……っ」

——こないだは別の子つれてたじゃん
その子が今の主基の恋人ではないのか。

「あれはあいつらが、勝手なこと言ってただけだって」

「嘘つき……っ」

「ほんとだって」

さらりとかわされたようで、とても信じることなどできなかった。なのに、心が傾く。

「それに、お……俺のことそういう目で見たことなかっただろ……!?」

対象外でなかったのなら、もっと早く手を出してきていたはずだった。機会ならいくらでも、本当にいくらでもあった。

「お……俺だってそうだし……っ」

気持ちを悟られてしまいそうで、八尋は慌ててつけ加える。

「まーね」

あっさりと主基は答え、そのことにまた胸を抉られた。

「でも、やれたんだからさ、これからそういうふうに見られないこともないんじゃない?」

軽く、主基は言った。

「んな、……っいい加減な……っ」

「どう? 俺とは無理だと思う? 抱かれて気持ち悪かった?」

「う……」

八尋は言葉に詰まった。

好きな相手に抱かれて、気持ち悪いなんて思うわけがなかった。

はっきりとは覚えていなかったが、抱きしめられているだけでしあわせで、とろけるように気持ちがよかった。

主基が覗き込んでくる。近づく顔に、思わず目を逸らせば、顎《あご》を摑んで引き戻された。

かと思うと、ちゅ、と唇を奪われた。

「え、あ、わ……っ」

それだけのことで、八尋は茹《ゆ》でたように真っ赤になってしまった。きちんと意識のある状態でのキスは、これが初めてだった。

主基はくすりと笑う。

「どう、無理？」

優しい目で見つめてくる。

そっちこそ、無理なんじゃないのかと聞きたかった。

(でも、無理だったら自分からキスしたり、しないよな？)

「む……無理じゃない……っけど……っ」

「けど、何」

「そんな簡単に……っ」

つきあうなんて。

「ふつうだよ」

「ふつう？」

主基はにこりと微笑《ほほえ》み、またキスしてくる。羽のようにふれるだけで、すぐに離れる。そしてもう一度繰り返す。

「恋人のことは、俺は可愛がるよ？」

「んっ……」

何度もキスされて、やわらかい唇の感触に、心が溶けるようだった。

「大事にするし」

「だいじに……？」

「うん」

「って……、ど……どんなふうに」

「んー、セックスしたら翌朝の朝ご飯はつくってあげるし、デートもプレゼントもまめに、キスもハグも、いくらでも気持ちよくしてあげる」

いつも主基は、恋人にはそんなふうにしてるんだろうか。そう思うと、胸がきりきりした。でも、その反面、主基がまめにデートしてくれて、キスしたり抱き締めたりしてくれることに、惹かれずにはいられない。考えただけでどきどきした。

「マンションも引き払ってうちで一緒に住めば、家賃だって浮くし」

「……一緒に？」

「部屋は余ってるし、大学にも近いだろ」

たしかに自転車で通える距離だし、家は広い。けどそれ以上に、

（また主基と一緒に住める……？　子供の頃みたいに？）

八尋は目をぱちぱちと瞬く。

「どう？」

「……家賃ただなら願ってもないかも」

主基は、そこなの？　という顔で苦笑する。

「じゃあ、決まりってことで」

そう言ってまたキスしてきた。

信じられない気分だった。こんなことになるなんて、八尋はまさか夢にも思ってはいなかった。

（……こんな、軽いことなんだ……）

主基にとって、誰かとつきあう、ということは。

――ふつうだよ

そう言った先刻の主基の言葉が、耳に蘇る。

主基はきっと、今までの恋人たちともこんなふうに気軽に交際をはじめてきたのだろう。可愛い、と言ってくれたのと同じこと。凄く嬉しかったけど、主基はあれを誰にでも言う。

（……それほど好かれてるわけじゃないって、わかってる）

つきあおう、と言えるくらいには好きでいてくれているのかもしれない。でも、自分と主基とでは、思いの重さが全然違う。たぶん種類さえ違うのかもしれない。

心の天秤《てんびん》にこれほどの差があって、果たしてうまくいくんだろうか？　もしかして、すごく苦しむことになるんじゃないか……？

わかっているのに、八尋はどうしても拒否することができなかった。

今拒否すれば、きっとこんなチャンスは二度と来ないに違いなかった。

（溺《おぼ》れてしまえ）

と、八尋は思った。

（それに……ずっとつきあっていればいつかは、今より好きになってくれるかもしれないだろ？）

夢のようにそう思う。

首に腕を回す。自分から唇を押し当てる。

好きな男の誘惑を、振り切れるわけなどなかったのだ。

3

主基の家で暮らすことになった八尋は、以前自分が使っていた二階の一室を再びもらうことになった。

――おまえの部屋、あのまま放ってあるから、好きに使えば?

と、主基が言ったのだ。

シャワーを浴びてから、八尋は二階へ上がった。

ドアを開ければ、二年ぶりに目にするかつての自分の部屋だった。

(……懐かしい)

中には、八尋が置きっぱなしで出て行った私物のほかに、居間から撤去されたクッションなどの小間物類が放り込まれて雑然としていた。あれ以来、ここは開かずの間状態だったらしい。それでも、一緒に買った品物が処分されずにあったことが、八尋は嬉しかった。

(あとで少し片づけないと)

埃《ほこり》っぽい室内に空気を入れ、深呼吸する。

シャワーで火照るからだに、クローゼットに残したままになっていた服の中から、なるべく涼しげなランニングシャツと、短パンを選ぶ。

しっぽが裾からはみ出すのも変なので、尻の該当部分を小さくハサミで切って、そこから出すように改造した。一歩間違うと孔まで見えてしまいそうで、作業は慎重を要した。

鏡に映った姿をちらりと見れば、子供っぽさがちょっと気恥ずかしい。何しろ十代の頃に着ていた服なのだ。それに露出の多さも少し気になった。

(あいつ、……なんて言うかな)

つきあっていた頃は、たまに露出の多いものを着ていれば、けっこう喜んでくれたものだった。抱き寄せて、

——今日は色っぽいね

とか、本気で言っていたのかどうかはよくわからない。外国人のような褒め言葉を、さらりと口にできる男だったから。

——ばか

勝手知ったるキッチンをあさってカップラーメンで軽く昼食を済ませると、八尋は自分の部屋の掃除をした。

埃を払い、掃除機をかける。部屋に投げ込んであった雑貨などをもとの場所に戻したい誘惑にかられたが、我慢した。

そしてついでに、リビングとダイニングキッチンも簡単に掃除する。

（あ……）

その途中で、棚に納まったたくさんのＤＶＤが目にとまった。

中には、主基自身が主演や出演したものも何本もある。国外にいたにもかかわらず、八尋はそれらのほぼすべてを視聴していた。向こうで公開された映画は勿論、そうでないものもどうしても見たくて、発売されればすぐにディスクを取り寄せていたのだ。――我ながらバカみたいだと思うけれども。

（これなんか、泣いたんだよな……）

別れたすぐあとに主基が出演した、有名監督の映画だ。

彼がぼんやりと無表情なまま涙を流すシーンを思い出す。ふだんは表情豊かな男だから、よけいに胸に迫るものがあった。悲恋に感情移入してしまったせいもあるのかもしれないが、引きずり込む力があったからこそだとも言えるだろう。

（最近あんまり恋愛物には出てないけど、またやればいいのにな。……相手役の人に妬けるけど）

そんなことを思いながら、つい手に取ってみる。

（あれ……？　これ、封切ってない）

勿論主基は試写会でも見ているはずだが、いつもは勉強のために（そしてややナルシストでもあるのかもしれない）ＤＶＤを渡されたら、すぐに家でも見ていたものだったのに。

（よく一緒に見たんだよな）

けれど今はもう、そういう習慣もないのかもしれなかった。

（やっぱ二年もたつと、変わることもあるよな……）

八尋の知らない、二年分の主基がそこにいる。

小さく吐息をついて、再びＤＶＤを棚に戻した。


主基が帰ってきたのは、八尋がちょうど夕食をつくり終えた頃だった。

（ナイスタイミング！）

ドアの開く音に、飛び出していく。

「お帰り！」

二年たって、少しは大人らしく落ち着いた雰囲気で出迎えるつもりだったにもかかわらず、八尋はつい声を弾ませてしまう。

そんな八尋を見て、主基は玄関に呆然と立ちつくしていた。

そこまで驚かせるほどはしゃいでいただろうか。

(失敗した……)

と八尋は思うが、

「おまえ、なんて格好……」

主基は呟いた。

「え？」

八尋は自分のからだを見下ろす。ランニングに短パン、その上にエプロン。多少露出が多いかもしれないが、さほど驚くような格好とも思われない。いい年をして、という意味だろうか？

(まあそうだけど……あ、もしかして)

「ご、ごめん、エプロン勝手に借りてた」

ダイニングの椅子《いす》の背にかけてあったものを、八尋は拝借して夕食をつくっていたのだ。黒いしっかりした布地のそれは、主基に凄く似合いそうだった。

一緒に暮らせば、見る機会もあるだろうか。少し長い髪を後ろで軽く結んで、白いシャツに黒いエプロン。ギャルソンみたいな姿の主基を思い描きながらエプロンを締めれば、彼の匂《にお》いがする気がした。

八尋は慌てて背中のリボンをほどく。そして肩紐《かたひも》をはずすと、なぜか主基はふいに深く吐息をついた。

「……着てたのか」

「え？」

「そりゃそうだよな……そんな格好、つきあってたときだってしたことねーのに」

意味がわからず、八尋は首を傾《かし》げるばかりだ。

「いや……、なんかいろんな意味で、驚いたっていうかなんていうか……」

「？」

「とにかく、いいよ、そのまま着てて」

主基は照れたようなばつの悪そうな顔で、八尋の横をすり抜けていった。

八尋はわけがわからないまま、自らの姿を振り返る。しばらく考えて、はっとした。

（もしかして、下に何も着てないように見えたんじゃ……）

ワンサイズ大きな主基のエプロンに、服が全部隠れてしまって。

（つまり裸エプロン……）

気がついた途端、真っ赤になる。まさかそんな格好で玄関に出るわけないだろう、と思いながらも、その手があったのかという気にもなってしまう。

そういえば、つきあっていた頃、リクエストされたことがあった。いくら言われても、実際にしたことはなかったけれども。——だってそんな可愛いことをして、似合うとは思えなかった。

（でも……やってあげればよかったかな）

あの頃なら、驚くだけではなくて、少しは喜んでくれたかもしれない。一応恋人同士だったのだし、たとえ貧弱なからだでも。

「あ、主基……っ」

そのまま階段を上がっていこうとする彼を、八尋は慌てて呼び止めた。

「何？」

「あの……カレーつくったんだけど」

勝手に悪いと思ったが、台所を覗けばそれなりに材料は揃《そろ》っていた。八尋はあまり料理が得意なほうではないけれども、カレーにだけは少し自信があった。味にうるさい主基にだって、褒められたこともあるのだ。

「え」

主基は意外そうに、軽く目を見開く。八尋は急にばつが悪くなった。

「……そんな驚くようなことでもないだろ。前もたまにはつくってたじゃんか」

「そりゃそうだけど……」

「別におまえのためってわけじゃないし。カレーなんて一人分とかつくれないし、暇だったから……っ」

まくし立ててから、ふと不安になる。

「……もしかして、食ってきた？」

「……いや」

答える主基の視線は、八尋の背後にある。

「……？」

首を傾げる八尋に、主基は言った。

「そのしっぽ……さっきからよく動くよな」

「──‼」

八尋は思わず自分のしっぽを掴んだ。それでも先の方がふるふる振れてしまう。自分の意志では止められなかった。

「こ、これは……っ」

「狐っていうより、やっぱ犬みたいじゃね？」

主基はくすりと笑った。

その途端、昔父親が、纏わりつく八尋に言った言葉を思い出していた。

──犬っころみたいで鬱陶しい……！

ずきりと胸が疼く。

（主基にも鬱陶しいと思われたらどうしよう）

と、八尋は思う。否……犬みたい、という言葉が、そもそも鬱陶しいという意味なのではないか？

「飼い主が帰ってきて喜んでるみたいな……。俺が帰ってきて、嬉しい？」

その通りだった。指摘されて、八尋はかあっと真っ赤になった。

嬉しい。凄く嬉しい。一日中、今か今かとずっと待っていた。――そう言いたくて、でも言えなかった。そんな気持ちを知られたら、主基にも鬱陶しいと思われるかもしれない。重く思われたくなかった。

「……だからっ、ミミつきは動物と違うんだって……！　感情としっぽはリンクしてないっての……っ」

「そう？　けどさ」

「それにこれは狐のしっぽだから！　嬉しいから振ってるわけじゃないから……！」

主基の言葉を、八尋は遮った。嘘をつく後ろめたさに、つい目を逸らす。

「そ、そんなことよりご飯……」

言いかけて、八尋はふと空気の重さに気づいた。

顔を上げれば、主基の冷たい視線が八尋を見下ろしていた。

（……怒ってる……？）

「あの……」

理由がわからず、問いかけようとする八尋に、主基は言った。

「――着替えたら行くから」

一応、食べてくれる気はあるらしい。

「……うん」

「でも、もう食事つくったりとか、しなくていいから」

「え……、……ど、どうして？」

「今日はたまたま早かったけど、今は特に忙しくて不規則だし、遅くなることも多いから。わざわざつくってもらっても食べられるとは限らないだろ」

主基の言うことには、一理あるけれども。

「べ……別にいいよ。済ませてきたときは食わなくて。だいたいおまえのためにつくったってわけじゃ……暇だったし、ついでに」

「これからは自分だけのためにつくれよ。食材が必要なら、メモ渡すか置いといてくれれば人に頼むか買っておいてやるし」

「でも」

反論しようとする八尋を、主基は遮った。

「……ていうか、俺たち、もうつきあってるわけじゃないんだからさ。……匿うかわりにセックスするだけだろ。ここにいるのはかまわないけど、生活は別々にやろう」

「――……」

さほどひどいことを言われたわけではない。むしろ当然の科白だったかもしれないのに、愕然《がくぜん》として言葉が出てこなくなった。

セックスしたんだからまたもとに戻れる——なんて、どこかで淡く期待していたのだろうか。

（初めてのときみたいに、「やっちゃったんだから、またつきあう？」とか、軽く言ってくれるかも、なんて）

でも、今度は前とは違う。前と同じようには、主基は言ってくれない。

（……どうして？）

もうすっかり嫌われてしまったということか。それとも新しい恋人がいるのかもしれない。

その両方かも。

主基は階段を上がっていく。

「あ……」

八尋はついその背中を目で追った。

主基は自室のドアを開け、ふと振り向いた。視線が合う。

「……来る？」

と、主基は言った。

「……っ」

反射的に、八尋は二階へ向かった。そして大きく開けられたドアをくぐろうとする。

その途端、ふいに思い出したある情景があった。

「……嫌なの？」

立ち竦む八尋に、主基は聞いてくる。

「ちが……っ」

八尋は慌てて首を横に振った。

「ただ……、俺の部屋がいい……っ」

「ふーん？　まあ、どっちでもいいけど」

八尋は自分の部屋の前まで行き、扉を開けて主基を待つ。

彼はゆっくりと八尋のほうへ歩み寄ってきた。


ベッドに座る主基の股間《こかん》に顔を埋めれば、自然と腰だけを高く掲げた格好になる。

そんな恥ずかしい姿で、八尋は喉《のど》の奥まで突き立てられ、懸命に舌を使っていた。

――上手になったとこ、見せてくれるんだろ？

と、主基は言った。

なるべく楽しんでもらいたくて、八尋はつたないながらもできる限り技巧を凝らしてみる。けれど主基の機嫌は悪くなるばかりのようだった。

(どうして……?)

まだ足りない、ということだろうか。こんなことなら、手を出してきた男たちに、もっと真面目《まじめ》にいろいろ習っておけばよかった。

でも、今さらどうなるはずもない。

主基を歓《よろこ》ばせるためにしていることなのに、自分のほうがうずうずして、じっとしていられないほどだった。

涙目で見上げれば、髪をミミごと摑まれた。

「んうっ……」

二、三度突き込まれたかと思うと、喉の奥に放たれる。八尋はそれをすべて飲み込もうとし、咳き込んだ。

肩で息をつく八尋の顎を、主基は軽く持ち上げる。

「もっかい舐めて綺麗にして?」

言われるまま、八尋は再びそれを咥《くわ》えた。萎《な》えた先端を強く啜《すす》り、わずかに残ったものを吸い出すと、主基のものはまた芯《しん》を持ちはじめる。

先刻とは違い、含まずに茎を丁寧に舌でたどった。

「ミルクでも舐めてるみたいだよな」

「……っ……」

次第に育っていくその感触に、八尋もまた煽《あお》られていく。下腹に凝った熱が、堪《こら》えきれないほどになる。

八尋はそろそろとそこへ手を伸ばしていった。ふれた途端、ずきんと痛いくらいの快感が走った。

主基のものを舐める舌の動きにあわせて、指で性器を撫でる。

「ん、ぅ……っ……ふ」

最初は躊躇《ためら》いがちだった指先は、すぐに速さを増し、激しく大胆なものになっていった。張りつめたそこから先走りが漏れはじめるまで、いくらもかからなかった。

「はぁ……ぁ……っ」

「——我慢できない？」

降ってきた声に、八尋ははっと我に返った。

見られていることは当然わかっていたはずなのに、今さらのように羞恥が突き上げる。八尋は慌ててそこから手を離した。

「ち、違……っ」

その手を、ふいに主基が摑んだ。

「だったら、この手はいらないよな？」

「えっ……」

両手を背中に回される。かと思うと、主基は先刻外したばかりの鮮やかなネクタイを拾い上げた。

「やだ……っ」

わずかな抵抗もものともせず、八尋の手首をきりきりと後ろ手に縛る。

こんなことをされるのは本当に初めてのことで、八尋は呆然とした。

「ちょっ……なんだよ、これ……っ」

「家賃払ってくれるんだろ？　ちょっとは面白いことしてくれないと」

主基は薄く笑う。そして再び自身のものを八尋の唇に突きつけてきた。

「咥えて、濡らして」

言われるまま、八尋はそれを咥えた。理不尽な思いを感じないわけではない。けれどやはり嫌ではないのだ。

「んっ、ん」

ただ舐めるより、口の中に入れるほうが感じる。上顎から喉まで擦られるのが気持ちよくて、つい腰が揺れてしまう。八尋は無意識に手を中心へ運ぼうとしたが、ネクタイの枷《かせ》がそれを阻んだ。

「あ……っ」

八尋は思わず小さく声を立てた。

(そうだ……さっき縛られて)

ぞくりと背筋が粟立《あわだ》つ。さわれないと思うと、よけいに疼きは増すようだった。八尋は縛められたままの手を何度も強く握り締める。

「んっ、んんっ……あぁ……っ」

咥えながらいやらしく下肢をくねらせれば、くるりと巻き上がったしっぽまで、ふさふさと一緒に揺れるのがわかった。

「ひっ——」

ふいに主基がそれを掴んだ。その瞬間、びりびりと八尋の背筋を電流が走った。

「あ、ひぁ……っ、そ、そこ、離し……っ」

八尋は唇を離し、悲鳴をあげた。けれど主基は離してはくれない。

「……ここ、感じるんだ?」

「……っ……あぁあっ……」

背を撓《しな》らせる。八尋は首を横に振ったが、信じてもらえるはずもなかった。手にしたしっぽをふにふにと弄《もてあそ》ばれる。

「あ、あ、あう、あん……っ」

揉《も》まれるたび、ひっきりなく喘ぎが口を突く。唇のほうはすっかり留守になってしまう。咥えなければ、と思うけれども、そんな余裕はもうなかった。放り出されたままの前の部分が、たらたらと雫《しずく》を零す。

「ああ、ああ、あ、あん……っ」

主基は片手でしっぽを弄りながら、もう片方の手で後孔へふれてきた。

「あっ——」

そのまま挿入させ、ぐりぐりと掻き回してくる。

「あう、ああっ」

舐めたのか多少のぬめりはあるものの、それだけではとても足りない。引きつれたような痛みを感じずにはいられなかった。

「……挿れられそうだな」

と、けれど主基は囁く。

「たっぷり舐めてもらったし」

しっぽを掴み、くるりとからだの向きを変えられる。八尋は肩でからだを支え、尻を主基のほうへ突き出す格好になる。

主基は後ろへ自身をあてがってきた。

「え、……っ」

慣らされていない場所へ挿入される恐ろしさで、八尋は身を縮める。でも、嫌だとは言えない。言ったらきっと主基はやめてしまう。

主基は先端で後孔をつつく。唾液のぬめりを借りて、蕾《つぼみ》がわずかに開いた。

「……っ」

八尋は息を吐き、受け入れようとする。

そのとき、主基が小さく舌打ちした。

「やっぱ無理か」

「え……」

「脚、閉じて」

そう言われ、主基が何をしようとしているのか、八尋は察した。挿れずに両脚のあいだに挟んでする行為を、つきあっていた頃に何度かしたことがあった。

「……いいよ、挿れろよ……っ」

苦痛を避けられれば越したことはないのかもしれないが、それ以上に主基を失望させるのが嫌だった。

「いいから脚、閉じろって言ってるだろ」

「挿れろってば……！」

八尋は繰り返した。

「大丈夫だから……っ、たいした大きさでもないじゃんか……！」

「あーそう」

主基の声が、あからさまに不機嫌なものになる。ただやめて欲しくなかっただけなのに、言葉を選び間違えたことを八尋は悟ったが、もう遅かった。

「そりゃ、おまえが向こうでつきあってた外国人とかにくらべたら、そうかもね？」

「そうじゃなくて……」

実際アメリカにいた頃、恋人としてつきあった相手がいたわけではないのだ。犯されて、大きさを考える余裕などあるわけがなかった。八尋は主基ので十分だと思っていたし、サンプルが少なすぎてよくわからないけれど、小さいと思ったこともない。むしろ挿れられるのが辛いときがあるくらいなのに。

「違わないだろ。そのでかいのがよかったんだろ？」

「違うってっ……」

「――もう知らねーからな」

あてがわれた屹立《きつりつ》に、再び力が込められる。

「や……あぁぁ……っ」

熱く濡れたそれが、八尋の中を深く貫いてきた。

一緒に暮らすようになっても、主基の帰りは毎日ひどく遅かった。仕事はとても忙しいらしい。それだけ、かどうかはわからないけれども。

(避けられているのかもしれない)

そう思うと苦しかった。

彼が家にいるときは、ほとんどずっというくらいからだを繋げて過ごす。いやらしいことをたくさんして、何度も達して。前以上にいろいろ教えられて、開発されて、どこをさわられても気持ちよく感じるようになって。

(だけど「それ」だけ)

長く会話をかわすことも、セックス以外のことを一緒にすることもない。

(食事さえ)

そもそも主基は外食ばかりで、家で食べるということがほとんどなかった。連ドラをやっていてロケもあって、本当に忙しいのも嘘ではないのだろうけれども。

八尋も食事はつくらなくなった。自分だけのためになど、とてもつくる気にはなれなかった。自然、インスタント食品やパンをかじる程度で適当に済ませるようになった。

計画は明らかに失敗だ。「寝る」ことには成功したとはいえ、恋人同士に戻ったとはとてもいえない状態だった。こんなにしてるんだから、外で浮気はないのではないかというだけが、せめてもの慰めで。

(ミミつきのフェロモンがあってもだめなんて)

自分の魅力のなさを思い知らされる。

それでも、セックスだけでも繋がっていたかった。「それ」しかないから、主基がしようとしないときでも、自分からつたなく誘惑した。

——そんなに毎日家賃払ってくれなくていいから

という主基の背中から抱きついたり、咥えたりもする。

効果があるのかどうかよくわからないなりに、しっぽが上手く隠れ、露出が多いような服を工夫するようにもなった。セックスのときは仕方ないにしても、嬉しいと自分の意志とは無関係に振れてしまうしっぽは、主基にはできるだけ見せたくなかった。

シーツにうつ伏せに押しつけられる。腰だけを高く掲げた格好になる。

最初のときといい、再会してからの主基は後ろからするのが好きなようだった。

——雌犬みたいだよな

と、主基は言った。たしかに、めずらしい眺めかもしれなかった。

巻き上げたしっぽを必死に振り、その下に孔を晒し、しかもあさましくひくひくさせて誘っているのだ。

しっぽを見られたくはないけれど、行為の最中ならまだましだと思う。はしたないとは思われても、鬱陶しいと思われることはない気がするからだ。

「ひあっ――」

孔に潤滑剤の先端が差し込まれる。そして直接じゅっと中に液を注入された。二回目にしたとき少し切れてから、主基が買ってきてくれたものだった。

「う……ぁ……っ」

逆流する冷たい感触に、ぞっと鳥肌が立った。

「や……ぬ、抜い……っあ、あ、あ……っ」

もう十分な量が入ったと思うのに、さらにたっぷりと注がれる。液が中の壁に強く当たるたび、びくんびくんとからだが跳ねた。

「苦し……っ」

八尋は首を振って訴えた。

こんなふうには、恋人だったときにはされたことがなかった。でも、最近は主基はいろんなことを八尋のからだにする。昔は大事にされていたのかもしれないと、今になってわかる。つきあった相手なら、誰にでもそうだったのかもしれないけれど。

「その割にはこっち、こんなだけど」

主基は前を握り込んでくる。

「あ……！」

先を擦られると、ひどくぬめった感触がある。なぜこんなことで濡れてしまうのか、自分でもよくわからなかった。

「……零すなよ」

「んな、無理……っ」

主基はようやく潤滑剤のノズルを抜いてくれる。出ていく感触に身を縮めながら、主基は後ろを必死で引き絞ろうとした。

けれど大量に入れられたそれは八尋の中にとどまってはくれない。どうしてもどろりと漏れてしまう、総毛立つような感触。

「……ほら、零すなって言ったのに」

「う……」

「やらしい眺め」

主基は自身を押し当ててくる。必死で締めている後孔を先端でつつく。

「あっあ、……」

入り口の襞を擦られれば感じて、緩みそうになる。

主基はそのままからだを進めようとした。

「あ……待っ……」

ただでさえ体内がいっぱいになっている気がするのに、これ以上挿れられたらどうなるのか。

訴えても、主基はやめてはくれなかった。締めているつもりでも、主基の感触を感じれば、八尋のからだは開く。潤滑剤のぬめりを借りて、主基は挿入ってくる。

「あ——……」

中が破れそうなくらいいっぱいに満たされる。抱えきれなかった液が隙間から溢《あふ》れ、脚を伝う。

「あ……あ……」

「痛くはないだろ……？」

「……ない、けど……っ、苦し……っ」

「苦しいとこうなるわけ？」

からかうように言いながら、主基は膨らんだ腹につくくらい硬くなった八尋のそれをてのひらで包み込んだ。

「あ……！」

「こういうプレイが好きだったんだ」

「ちが……っ」

「なか、きゅって締まったし」

八尋は首を振ったが、たしかにからだは主基の言う通りの状態になっていた。

「あ……やあぁ……っ」

締めつければ、ぐぷ、とまた零れる。こんなにも狭い場所をいっぱいにして埋め込まれているのに、どうして漏れるのかと思う。

主基はそのまま、かき混ぜるように緩く動きはじめた。

「ぁぁっ……あ……あ……」

八尋はシーツをぎゅっと握り締め、その刺激に耐えた。けれどすぐに緩慢な動きと添えてあるだけの手に焦れはじめる。

「……主基……っ」

「うん?」

「……っ……主基」

奥まで思いきり突いて欲しい。でもねだりたくて、ねだれない。この熱い楔《くさび》で滅茶苦茶に貫かれる快楽を思うと、我慢できなかった。

「……っああ……っ」

軽く腰を揺らめかせただけで、溶けきった体内と前の屹立から強烈な愉悦が突き抜けてくる。一度味わってしまったら、もう止められなかった。

「あぁ、あぁ、あ……っ」

気持ちよさに、夢中になって八尋は動いた。あふれるほどの潤滑剤のおかげで、咥えたものの大きさの割には恥ずかしいほどなめらかに快感を得ることができた。

「……あぁ……あぁ……あぁ……っそこ……っ」

あさましく尻を突き出し、くねらせる。そのたびにいやらしい水音がした。

こんな盛りのついた雌犬のような姿を、主基はどんな瞳で見つめているのだろう。消え入りたいほどいたたまれなくて、なのに意識すればするだけ煽られる。

「あ……主基、主基……っ」

「……気持ちいい？」

「……っ」

恥じらう余裕もなく、こくこくと八尋は頷いた。

主基は前を握った手で、軽く先端を擦ってくれる。それだけの刺激でも怖いくらいの快感だった。

「ああ……っ」

八尋は強く背筋を撓らせた。

「ああ、ああ、ああ……っ」

「……しっぽ振ってるな」

主基は囁いてくる。

「やだ……っ」

八尋ははっとした。性器を包んでいた主基の手が離れる。そしてしっぽを止めようとした八尋の手を摑んだ。

「あ……やだ、っ……」

抗議は泣き声になった。しっぽを止められなかったことが嫌なのか、愛撫を中断されたことが嫌なのか、自分でもよくわからなかった。

「……自分で動いていいなんて、言ってないよな？」

だめだとも言わなかったくせに、意地悪く主基は囁いてくる。でもその罰はひどく甘美に思えた。

主基は八尋のもう片方の手首も握り、両手を後ろへ引っ張って、自分のほうへ強く引きつけた。

「ああっ――」

深く貫かれ、八尋は高く声をあげる。

主基はそのまま激しく突き上げはじめた。

「あ、あっ、あぁっ……」

ぐちゅぐちゅと音を立てて抜き差しされる。ひどく恥ずかしくて、でも気持ちがよくてたまらなかった。快感でぼろぼろと涙が零れた。

自由を奪われて突かれるのが悦《い》い。求められている気がした。

「あぁ、だめ、だめ……ぃく……っ」

「いいよ、いけば？」

八尋はまた首を振った。もう少しこのまま味わっていたいのに。

けれど限界は目の前だった。

「あ、いい、いく、いく……っ」

深く貫かれ、最奥いっぱいに注がれる。

その瞬間、八尋もまた昇りつめ、意識を途切れさせていた。


目を覚ましたときには、主基はもう八尋の部屋にはいなかった。

仕事に出かけてしまったのだろうか。家の中にもなんとなく気配を感じなかった。

(腹……気持ち悪い)

あのまま寝てしまったために、身仕舞いも何もしていない。からだ、特に腰のあたりから下がどろどろになっているようだった。でも不快なのかといえば、そうでもないのが不思議だった。

（主基）

エアコンは切ってあるにもかかわらず、少し寒気がするのは精神的なものなのだろうか。彼が昨夜脱ぎ捨てたシャツを見つけ、つい引き寄せてくるまる。微かに主基の匂いがして、胸一杯に吸い込んだ。

（今日はいつ帰ってくるんだろう）

枕元の時計を見上げれば、針は三時を過ぎていた。

（ワイドショーの時間、過ぎちゃったな……）

ベッドに転がったまま、リモコンでテレビをつけると、それでも主基のドラマの再放送をやっていた。

（なんか……最近、画面の中でのほうが、よく会ってるような気がする）

ドラマのほかにも、番組宣伝、ＣＭ、バラエティ、ワイドショーの芸能情報。帰ってこない日はあっても、テレビに映らない日はないと言ってもよかった。

八尋はそれらを見るのが日課になっていた。

こうしていると、主基と昔恋人同士だったことも、今一緒に暮らしていることも全部妄想で、自分はただの一ファンに過ぎないのではないかという気さえしてくる。

（ストーカーとか、被愛妄想とか……？）

愛されている、という妄想とは、厳密には違うけれども。

──愛してるんだ

画面の中で、主基は相手役の俳優に囁いていた。演技だとわかっているのに、真剣な眼差《まなざ》しについ引き込まれる。

──世界で一番愛してる

聞いた途端、ぽろっと涙が零れた。

(羨ましい)

痛いほどそう思った。たとえ演技でも、愛の言葉を囁いてもらえる相手役の俳優が、死ぬほど羨ましかった。

主基は、自分には振り向いてはくれない。セックスはしてくれても、こんなふうに愛を囁いてくれることは、もうきっとない。

(これからどうしよう)

計画が失敗したんだから、潔く出て行くべきなのかもしれなかった。可能性がない以上、ここにいたって辛いだけじゃないのか？

そう思っても、踏ん切りはつかない。

(ここにいたい)

主基の傍にいたい。

でもこれは傍にいるっていう状態なのだろうか……？

（前の方がよかった。……別れなければよかった）

つきあっていた頃は、主基は甘い言葉をたくさんくれた。軽くて、とても信じることなどできなかったけど、それでも凄く嬉しかった。

気持ちの重さの違いに目を瞑《つぶ》ってつきあっていくのは辛い部分もあったけど、もっと我慢すればよかった。別れるなんて、何があっても口にするべきじゃなかった。

（浮気に気づいたって、知らないふりをしてればよかったんだ）

そうすれば、今でも恋人同士でいられたかもしれなかったのに。

いくら後悔しても、今さら戻れるはずもないけれども。

4

こんなにも気持ちの重さが違うままつきあって、本当に上手くいくものなのだろうか。疑惑に反して、恋人同士としての主基との日々は、とても楽しかった。

誘われるまま、主基の家で一緒に暮らすようになった。大きな屋敷だから、部屋はいくつも余っていた。

八尋や主基が通う大学にも、たしかに近かった。三つ上の主基は本来なら卒業しているはずだったが、義母が亡くなる前後にいろいろあって一年休学したため、このときはまだ四回生だった。

「そんなこと、今まで言わなかったくせに」

実家を出たいと八尋がいくら愚痴っても、主基はアパートを探すのを手伝う、とは言っても、一緒に住もう、とまでは言ってくれなかった。

「そりゃそうでしょ。——今までとは違うってことだよ」

と、主基はキスしてくる。

つまり義弟が家にいるのは恋愛の邪魔でも、恋人となら一緒に暮らしてもいい、ということか。

(いつでもセックスできて便利だし?)

と考えるのは、穿《うが》ちすぎだろうか。

(でも、これまでの素行を考えるとな……)

と、横目で見れば、何考えてんの？　とまたキスされる。

キスはしょっちゅうされた。以前とのあまりの変化に、ついていけないほどだった。

おはようのキス。いってきますのキス。おやすみのキス。大学で会えばこっそり挨拶。何か都合の悪いことをごまかすときにも。

ふれるだけのキスもあれば、唾液が引くほどのものになることもあった。

「し……しすぎだって……!　外国人じゃあるまいし」

照れて言えば、

「普通だよ。これくらい、みんなしてる」

と主基は笑う。

「……みんな?」

嘘だ、見たことないし、そんなの。と思って、

(ああ……そっか)

今までつきあってきたみんなと、こんなふうにキスしてきたということか。

主基の言う「ふつう」とはそういう意味だと気がつくと、じくりと胸が痛んだ。

「？　どうかした？」

そんな気持ちが顔に出たのか、主基は問い返してくる。

「……別に。みんなやってるんじゃ、しょーがないかって思っただけ」

「そうそう」

笑って、またキス。

嫌じゃない。

（むしろ嬉しい）

ただ、いちいち主基の背後にあるものが引っかかってしまうだけだ。

変わったのは、キスだけではなかった。

義兄弟としてだけのつきあいだった頃とは全然違う、主基の態度。

最初に自分で言っていた通り優しくて、忙しい合間を縫って、人目も気にせずデートにもつれていってくれる。ちょっとしたプレゼントもくれるし、同じ家に住んでいるにもかかわらず、メールもまめにしてくれる。甘い言葉も欠かさない。仕事柄か、そういう科白に躊躇いはまるでないようだった。

一緒にいるときはしょっちゅうからだにふれてきて、いつもいちゃいちゃしているみたいだった。

恋人同士になると、こんなにも違うものなのかと思わずにはいられなかった。以前との違いに戸惑いながらも、そういう毎日は凄く楽しかった。

それなのに。

ふと、胸をよぎってしまう感情がある。

(全部、今までの恋人たちにも同じようにしてたんだろうか?)

そして次の誰かにも、同じようにするんだろうか。

優しくされて、かまってもらっているのだから、素直に喜んでだけいればいい。なのに、それができない。

(バカだ、俺)

本当にいちいち嫉妬して。

こんな気持ちを知られたら、絶対重いと思われる。

家族として暮らした数年で、主基の好みのタイプはよくわかっていた。彼はつきあっている相手も、つきあいかたも、特に隠そうとはしなかった。

(綺麗で、上品な色気があって、束縛しない。愛を語ってもクールでスマートな、映画の世界にいるような恋人)

つまり、恋愛の美味《おい》しいところだけ、つまみ食いできるタイプだ。

わかりきっていることなのに、その頃から八尋は何度も考えたのだ。なぜ自分ではだめなのかと、主基の恋人たちと自分とを自虐的に比較した。

綺麗だとか、上品な色気だとかは、最初から無理だとわかっていた。平凡な容姿だし、どちらかといえばやや童顔で、垢抜けてもいない。なるべく服装や髪型などに気をつけてはいるけれども、明らかに到底主基の好みではなく、その証拠に出会ってから十年以上、何もなかったのだ。はずみで一夜をともにすることがなければ、つきあうことなど一生なかったと断言できた。

(だから……せめて鬱陶しいとか、重いとか、思われないようにしないと)

恋人になれた以上、別れたくなかった。

何しろ八尋は父親にも嫌われていたくらいなのだ。もともとは他人の主基になら、同じようにうんざりされる可能性は、きっともっと高い。上手く甘えられたらいいけど、それができない、自分は鬱陶しい人間なのだと自覚があった。

(……甘えたい。でも我慢)

嫉妬しても、してないふり。主基の過去が気になっても、気にしてないふり。

過去より大事なのは、これから先のこと。

八尋は、主基の最後の恋人になりたかった。まるでありえない夢のように遠く思えるけれど。

「ん、……ふっ……」

壁に寄りかかった主基に引き寄せられ、唇を合わされる。逃げようとしても、腰を抱かれていてできなかった。

「……まずいって……、こんなとこで」

「スリルあるでしょ」

やめさせようとしても、ふざけてばかりで聞いてくれない。

大学の使っていない小教室。偶然——を装って、主基の講義が終わる頃、近くで待ち伏せした。最近主基の仕事が忙しくてゆっくり顔も見ていなかったから、ちょっとだけでも会えればそれでよかったのに、気がついたら、こんなところに。

いくらまずいと思っても、八尋は本気では逆らえない。これが「ふつう」なのかもしれないからだ。

「ばか、また撮られたりしたらどーすんだよ……」

最近も写真週刊誌に載ったばかりだ。しかも別の男と。

(綺麗な同業者と)

「あんな記事、嘘ばっかじゃん。いまどき信じるやついないって」

(……どうだか)

間近で見ていて、捏造記事もたしかに多かったが、本当だったこともあるのを知っている身としては、主基の言葉に完全には頷くことができない。

微妙な視線に気づいたのか、主基は覗き込んでくる。綺麗な淡い色の瞳に見つめられるとどきどきして、視線を返していられなくなる。

「気にしてんの？　こないだのやつ」

「……別に」

「浮気とか、してないからな」

「したきゃすればいいじゃんか。そしたら俺もするし」

「それだけはやめて」

冗談とも本気ともつかない口調で主基は言う。本気でいやなのか、できるわけがないと思っているのか、一応そう言うのがセオリーだからかもしれない。

「……そういえば、抱かれたいなんとかっていうの、ランクインしてたよな。『投票してくれたみんな、ありがとう。愛してるよ』？」

最後のは、主基自身のコメントだ。

男しかいない世界で、そんなランキングがまだ続いてるというのも不思議な感じがするけれども。

主基は苦笑した。

「チェック早いな。それもう発売したんだ」

指摘されて、かっと赤くなる。実は今朝《けさ》、コンビニで見かけて買ったのだった。昨日はなかったから、たぶん今日発売したものだ。

「そっ……それはたまたま……っ」

「そう？」

「……そう」

にやにやと笑う主基に、八尋は顔を伏せる。

本当は、毎日のようにコンビニの雑誌をチェックしている。主基の出ている雑誌は、ほとんど全部発売日に買っていると思う。

（秘密だけど）

恥ずかしいという以上に、気持ち悪がられそうだ。

「ま、たしかに俺はもてるけどね」

ふざけたことを言いながら、主基はふいに真面目になって、視線を合わせてきた。

「でも、浮気とかしないから」

「二股常習犯だったやつに言われてもなー」

子供の頃から、そんなのはしょっちゅう見ているのだ。

「常習じゃねーよ。瞬間的にかぶることがあっただけ」

「へえ」

あからさまに適当な返事を返すと、主基は頭を抱えた。

「そういうのは二十歳で卒業したって」

「ふーん、そうなんだ。知らなかったなあ」

「――とにかく」

主基は八尋の両肩を摑んだ。

「今は、おまえに夢中だから、浮気はしないの」

わかった？　と問いかけてくる。本気で言ってくれているようにも見える眼差しに、八尋はどきどきした。

「……」

わかった、わけではない。信じたとも言いきれない。

（……嘘つき）

そんなに好きでつきあいはじめたわけじゃないくせに。ただの成り行きで……なのに、またドラマみたいなことを。

でも、嬉しいと思わないわけがなかった。

嘘は嘘でも優しい嘘だ。

こく、と頷くと、主基はまたキスしてくる。

「あ……」

八尋はちら、とドアのほうを見た。

「鍵かけたから平気だろ」

「すけべ、いつのまに」

最初からその気だったのかと睨めば、主基は笑う。

スキャンダルを心配しないわけではないが、何度か出た記事が主基の人気に影響しなかったのも事実だ。

（じゃあ、まあいいのか……？）

キスで判断力とともにとろりとからだが溶けていく。いつのまにか主基に体重をあずけて、夢中で彼の舌を吸っていた。

（あ……）

主基も勃《た》ってる。絡めた脚の狭間《はざま》にそれを感じて、ぞくぞくした。

（俺で感じてくれてる）

そう思ったら、もう抗《あらが》うことなどできるわけがなかった。

（俺のもの。誰にも渡したくない）

首に回した腕に、八尋はぎゅっと力を込めた。

はだけられたシャツの下、乳首がもう硬く尖っている。主基がそれに指でふれる。

「……可愛い」

「ばか」

「可愛いよ」

笑ってしまうくらい、主基は何度も囁いてくれる。

「嘘つ、あっ……」

机の上に押し倒された。乳首を舌先でつつかれ、八尋は小さく息を呑んだ。

そこは主基とつきあうようになってから、ずいぶんしつこく開発されたところだ。ちょっとさわられただけでびくびく震えてしまうし、さわられなくてもねだるように尖《とが》ってしまう。

「あ、あ、ひ、あ……っ」

軽く歯を立てられ、高く声を漏らす。主基は小さく微笑《わら》い、片方を舌で、片方を指で転がしながら、八尋の下を脱がす。

「や、だ……ぁっ」

「全部脱がないと、できないだろ?」

「うう……」

穿《は》いたままでは、主基の腰を挟めるくらい脚を開くことができない。それはもっともなことで、仕方なく八尋は尻を浮かせた。膝《ひざ》に引っかかったジーンズを、自分で脱ぎ落とす。下着は片足首に残ったままになる。――こんなところで下半身剝き出しになるなんて。

「……こっち、ちょっと濡れてるな。乳首悦《よ》かった？」

あらわになった屹立に視線を落とし、主基は囁いてくる。

抗議しながらも、主基の目を意識すれば、いっそう濡れてくるのが自分でもわかる。茎を伝う感触の恥ずかしさについ脚を閉じようとするのを、主基は腰を強引に挟み込んでゆるさない。

「ばか……見んな」

ゴムを取り出す。避妊具としては必要のないものだけど、やはり使う人は多いらしく、今でもふつうに販売されていた。

（でも、なまがいいのに）

と、八尋は思う。からだの中の薄い粘膜で直接、主基の熱を感じるのが好きだった。

（こんなとこじゃ、あとで困るか……）

そう思いながらも、袋を破ろうとする手をつい遮る。

「ん？」

「あ……いや、咥えようか？」

とっさに口にしたことだったけれど、それも嫌いではなかった。

(飲みたい)

そう思うのは、淫《みだ》らなことだろうか。

「いいよ。それよか入れたいし」

主基はもともと奉仕させるより、自分が相手を弄るほうが好きなようだった。八尋があまり上手ではないせいもあったのかもしれない。

こっち咥えて? と避妊具の袋の端を差し出される。軽く噛むと、主基が逆側を引っ張って袋を開けた。

慣れた手つきで装着する。ゼリーのついたそれは、後ろをほぐさないままでも挿入を可能にしてくれる。

「ちょっときついかもだけど……痛かったら言って」

「うん……」

大きく脚を開かせる。明るいところで、ひどく恥ずかしかった。後ろへあてがわれ、先端が潜り込んでくる。

「あっ――」

「痛い?」

「ん、んん……っ」

左右に首を振る。本当は、いくらゼリーがあっても、慣らさないままでは少し辛い。

八尋は、はあはあと息を吐く。後ろを緩めようとする。主基は少しずつ、縁をなぞるように腰を押したり引いたりしながら、進めてくる。

「あ……」

「……可愛い」

と、主基は言った。

「何、言って……っ」

最中の、しかも耐えている顔なんて、可愛いわけがない。ただでさえもともとたいした容姿はしていないのに。

けれど主基は繰り返す。

「可愛いよ。健気《けなげ》に我慢してるのを見てると、ほんとに可愛くて……ときどき無茶したくなって困るけど」

「ばか、……っ」

八尋には、彼の言う意味はよくわからなかった。

主基は苦笑して、また軽く腰を揺すった。

「あ……っ」

圧迫感が辛いのに、奥に焦れったささえ感じるのが不思議だった。

「やっぱきついな」

焦れったさは主基のほうが上だろう。それでも無茶な真似《まね》は絶対にしないのだ。

八尋は早く緊張を解くにはどうしたらいいかと思い、そろそろと股《また》の間に手を伸ばしていった。

「んっ、……」

きつくてもずっと勃ったままの自分のそれに、手を添えて擦る。

「あっ、あっ」

入れられたまま前も弄ると、両方からくる快感が凄い。入れにくいとき、主基があやすようにこうしてくれたのを真似てみたのだけれど。

「……やらしいな」

「あっ——」

半端に入ったものが、急に質量を増す。

「あん、ばか、大きくすんなよっ」

せっかく緩めようとしているのに、意味がなくなる。ますます大変になってしまう。

「ごめん。おまえが凄いやらしいことするから」

主基は小さく笑った。彼の言葉で、八尋は自分がどんなに恥ずかしいことをしていたか、気づかされる。

(恥ずかしい……いやらしい)

でも、そのことに感じる。茹でたように顔が熱い。

「るさいなっ、早く挿れろよ……っ」

「はいはい。息吐いてね」

ずち、と音を立てて、主基がからだを進めた。

「あ――……」

中を強く擦られる。快感に大きな声をあげてしまいそうになるのを、口を自分のもう片方の手で押さえて塞《ふさ》ぐ。

「ん、ん……っふ……っ」

主基の熱を感じて、それでも喘ぎを堪えることができない。

やがて主基が上で深く息を吐いた。

「入ったよ。――どう、大丈夫?」

こくこくと八尋は頷いた。

「ごめんね。こっち、おろそかになってて」

主基は八尋が自分で握っている上から、手を添えてくる。

「やう……っ」

「一緒にしてあげる」

馴染んできた内壁をゆるく突きながら、主基は前を弄る動きをあわせてきた。主基の愛撫は自分でするよりもずっと巧みで、八尋は中と外から来る快感に翻弄《ほんろう》され、痛いほど硬くなった性器の先端からだらだらと雫を零した。

「んん、うぅ、う、あぁ……っ」

八尋は必死で唇を塞ぐけれども。

「あぁ、あぁ、あぁ……っ」

気持ちがよくてたまらなくて、腰から溶けてしまいそうで、どうしても声が抑えられない。

八尋は口から手を離し、主基の首へ回した。

「あ、んっ……」

塞いで、と唇を寄せる。

(キスして)

物欲しく開いた唇に、主基の唇が重なる。

そして八尋の舌をからめとり、声を吸い上げた。


まだ少しぼんやりしたまま、八尋は渡されたウエットティッシュで身繕いをした。

(……っていうか、なんでこんなもん持ってるんだ？　俺とは大学でやるの、これが初めて

なのに)

と、思う気持ちを封じ込める。

(いや、これくらい持ってても不思議はないって。便利だし、実際たすかったし)

「やらしい眺め。またその気になりそう」

などと主基は言う。

「ばか」

彼は笑ってゴミを捨てに行き、八尋は一人残されて服を整え、ふと——、

(あ、主基の携帯)

机の上に置きっぱなしになっているそれに気づいた。

(さっき時間とかメールとか確認してたっけ。——あれ?　でも、電源切ってある)

あのあと切ったのだろうか。

そういえば、と八尋は思い出す。

最近、主基の携帯の着信音を聞いたことがない気がする。前は半時間も一緒にいれば、必ず誰かからかかってきたものだったのに。

(……もしかして最近は、俺といるときは、いつも携帯切ってる?　どうして?)

首を傾げ、八尋はふと、前に読んだ雑誌の記事を思い出した。

主基を目当てに購入したものだが、女性が存在しなくなり、男同士で恋人として交際した

り同棲したりするのも珍しくなくなったこのごろ、そういう雑誌でも恋人の浮気の兆候について特集されたりするのだ。

(その中にたしか、携帯の電源切ってるっていうのもあったような……)

と、記憶をたどりかけ、八尋は首を振った。

(——こんなささいなこと、疑ってたら続くものも続かないって)

教室のドアがバタンと音を立てて開いたのは、ちょうどそのときだった。主基が戻ってきたのだった。

「——そろそろ……っと、どうかした?」

「え?」

変な顔をしてしまっていたのだろうか。主基は問いかけてきた。

「からだ、きつい?　やっぱ無理させたかな……」

心配そうに、八尋の顔を覗き込む。

(主基は優しい。……俺にだけ、ってわけじゃないけど)

どう見ても釣り合いのとれていない、誰もが憧《あこが》れる男とつきあえて、優しくしてもらって、不満なんかない。言ったら罰が当たる、きっと。

八尋は首を振った。

「いや、大丈夫」

「本当に？　無理すんなよ」

「本当だって」

主基を信じている——とは言えないかもしれないが、なるべく疑わないようにしようとは思っているのだ。

ずっと一緒にいたい。そのためには、なにも知らないほうがいい。なにも、見ないようにしよう、と。

結局、そんな危ういバランスは、何ヶ月と保《も》たずに崩れてしまうのだけれど。


つきあいはじめて半年も過ぎる頃には、主基の帰宅時間はずいぶん遅くなり、帰らないことも多くなっていた。

（もう何日目）

と指折り数えるのも慣れた。

——仕事だよ
と、主基は言う。

四回生になり、大学が暇になったあたりから、事務所の方針もあって、彼は俳優業のほうに力を入れるようになっていた。テレビに登場する回数を見ていても、順調に仕事が増えているのはよくわかった。

(実際、本当に仕事のこともあるんだろうし……)

と思いかけ、はっとする。

(ていうか、本当に仕事だって！　多いんじゃなくて！　本人が仕事って言ってるんだから、仕事……！)

でも。

(……仕事じゃないときもあるのかも)

飲んで帰ることがけっこう多いのは、つきあいもあるだろうから仕方ない。だけど、香水とか、石鹸《せっけん》の匂いとかはどうなのか。

「……どうかした?」

数日ぶりに帰宅した主基に玄関で抱きしめられて、八尋は一瞬固まってしまった。主基は怪訝《けげん》そうに問いかけてくる。

「え、べ、べつに」

慌てて首を振った。

(そりゃ、匂いが移るときもあるって)

密着してラブシーンを演《や》るときもあるだろうし、撮影で海に飛び込んだり泥を被ったりすれば、シャワーを浴びて帰ることもあるだろう。

(何もおかしいことじゃない)

たぶん、聞けば主基だって答えてくれるだろう。

でも聞けなかった。聞き分けのいい恋人でいたかった。重く思われたくなかった。

というか、もう軽口は叩けなくなっていた。

前は冗談に紛らわせることもできた本音が、今は口に出すのも怖い。それにどうせ、本当のことなのか、上手い嘘なのかなんて、わからないのだ。

(ごまかしてもらってるうちが花じゃないか)

ごまかすのは、壊したくないからだ。それさえもしてくれなくなったら、本当に終わる。

(こんなことばっか考えてる……俺、ちょっとおかしいのかも)

「……なんか、痩《や》せた?」

服の上から八尋のからだを撫でていた主基が、ふいに言った。

「え……そう?」

「さわり心地が違う気がすんだけど。ただでも骨ばってる感じだったのが、よけい何か……」

「え……」

どき、と八尋は胸を押さえる。

「ちゃんと食ってる？」

「食ってるよ。……夏痩せかもな。秋になれば戻るんじゃねーの」

とは言ったものの、このごろは一人ではあまり食べる気がしなくて、だいぶ適当になっていた。

少し痩せた自覚はあっても、たいして気にしてはいなかった。だが、抱き心地が悪くなったのだとしたら大問題だ。主基の言う通り、たしかにもともとたいしてやわらかくはないものなのに。

（太らないと）

少しでもさわり心地がいいと思ってもらえるように。悦くなってもらえるように。——捨てられないように。

「ならいいけど、もともと細いから心配なんだよな」

額をあわせ、主基は覗き込んでくる。

「……ばか。心配するほどのことじゃないって」

軽くキスされる。ひさしぶりの唇の感触が気持ちいい。懐かしいとさえ思って、泣きたくなった。

「……八尋」

唇を離して、主基が言った。

「明日、休みもらえたんだ」

「えっ」

八尋は思わず目を見開いてしまう。

「ほんと?」

(あ、今、……)

素で感情が顔に出てしまった。

(クールに振る舞わないといけないのに)

だがもう後の祭りだった。

「本当」

湧き立つような喜びを抑えられなくて、主基の微笑に誘われるように、首にぎゅっと腕を回した。どうせ失敗したのだからという開き直りもあった。

主基がよしよしと髪を撫でてくれる。

「何したい? おまえのしたいことしようよ。ひさしぶりにデートでもする?」

抱かれたまま、八尋は首を振る。

「……家がいい」

「どっか行きたいとことか、食いたいものとかないの? 痩せたって今言ったばっかじゃん」

どこでも連れてくよ、と主基は言うけれども。

八尋はまた首を振った。

主基はあまり人目を気にしていないようだし、そういう芸能人もけっこういるみたいだが、八尋はやはり平気ではいられなかった。主基の人気に傷をつけたくなかったし、他の人に介入してきて欲しくない。ふたりきりで、一日中ずっと一緒にいたい。そんなこと、もうどれくらいぶりになるだろう？

「おまえの手料理がいい」

「たいしたもの、つくれねーよ？」

「知ってるけど」

だけど八尋は、主基の簡単料理が大好きだった。記憶にある限り、家政婦さん以外がつくってくれた初めての手料理だ。八尋にとっては、母の味とも言えるもの。

「でも食いたい」

「しょーがねーなあ。ま、なんでもリクエストにお応えしますよ？」

苦笑しながら、八尋の頭を撫でる。犬だったらしっぽでも振りたいような気持ちに、八尋はなる。

「それから？」

「……セックスしたい」

一日中、抱かれていたい。

「ええ?」

主基には意外だったようだった。声をあげ、目尻を少し下げる。

「いーの? それじゃ俺のやりたいことになっちゃうよ?」

(それがいい)

本当は、主基のしたいことをするのが一番よかった。少しでも、楽しいと思ってもらいたい。なんでもおまえに合わせるから。

(——捨てないで)

ぎゅっと背中を抱きしめる。

「……俺もしたいから」

「くそ、煽るなあ」

主基はまた苦笑する。

「じゃあ、腹ごしらえ済ませたら、ベッド行くか」

「……疲れてるんじゃないのか? 別に明日でも……」

「こんなに煽られて、しないで寝られないでしょ」

な? と、覗き込んでくる。

八尋は頰の熱さを覚えながら、小さくうなずいた。

ありあわせのものを食べて、シャワーもそこそこにベッドに入って絡み合う。

一度達《い》かされて、受け止めて、でも主基は中に深く収まったまま抜こうとはしない。それどころか、また硬くなりかけたもので、ときどき緩く揺すってきたりして。

「……っ、まだやるのか……?」

「そりゃやるでしょ。まだ夜ははじまったばかりだしね――」

「……っても、おまえ……」

疲れてるんじゃないのかと言いかけて、ふと首筋に見つけた跡に、言葉が途切れた。

(何これ)

キスマークのように見えなくもない。でも。

(いや……違うだろ。たとえそうだとしても、きっと仕事で)

「どうかした?」

主基が気づき、怪訝そうな顔で問いかけてくる。

「あ……」

家の固定電話の呼び出し音が鳴ったのは、八尋がどう言ったらいいのかさえわからないまま唇を開きかけた、ちょうどそのときだった。

八尋は、主基の部屋にあった子機へ視線を向ける。

「……」

「いいって、無視無視」

主基は軽く言い、また覆い被さってこようとする。

「……でも、……っ出た方がいいんじゃないか」

携帯が切ってあるから、こっちにかかってきたのだろう。番号を知っている人も限られているようだし、重要な連絡なのではないか。

それは主基にもわかっているらしい。

「ああ、もう！」

鳴り続ける呼び出し音に、主基は舌打ちした。

「んっ……」

彼は伸び上がり、子機を手に取った。中を突かれて、八尋は小さな声を漏らす。それを横目で見て、主基は悪戯《いたずら》っぽく笑った。

「もしもし？」

「ちょっ……抜けよ……っ」

小声で訴えるけれども、主基は聞いてはくれない。胸を叩く手を、笑いながらひと纏めにされてしまう。

「いや、ちょっとね。……っそれで?……え?」

少し驚いたように眉を上げる。悪い話ではなさそうな——驚きの中にも、喜びが覗く表情だった。

(なんだろう?)

主基が嬉しそうならいいことのはずなのに、なんとなく悪い予感がする。

「でも明日はちょっと……え? でも、あ、ちょっ——」

子機を握ったまま、主基は八尋に視線を落とす。

「……切られた」

「……誰?」

突っ込んで聞いていいものか、と思いながらも、聞かずにはいられなかった。むしろ、聞かずに済んだらどんなにいいか。

「マネージャーから」

「もしかして、明日やっぱり仕事が入ったとか……?」

「仕事っていうか……急にとある映画監督が会ってやってもいいって言い出したんだって」

主基は、誰でも知っているようなハリウッドの名監督の名前をあげた。ちょうど今別件で来日していて、明後日《あさって》帰国するのだという。空いた時間で主基に会ってくれる、と。

聞いて八尋も目をまるくした。これが主基にとって、大きなチャンスだということは理解できたからだ。

「……凄いじゃん」

「ん、ありがと。……けど」

明日の休みはなしになってしまう。一緒にいられると思って嬉しかったぶんだけ、喪失感は大きかった。でも、我が儘を言うわけにはいかない。

(クールに、振る舞わないと)

そしてそれ以上に、主基の仕事の邪魔をしたくなかった。

「行けよ。俺のことは別にいいし」

なるべく平気そうに言ってみる。主基は眉を寄せた。

「でもせっかくひさしぶりに——」

「家でごろごろするって言ってただけじゃん」

「そうだけどさ」

それをどんなに楽しみにしていたか、わからないけど。

「おまえが出かけるんなら、俺もそうしようかな——友達でも誘って……」

「友達?」

主基は、友達がいたんだ、という顔をする。無理もない。幼い頃から、誘えるような友達などいたためしがないことを、主基は知っているからだ。

八尋はじろ、と主基を睨む。

「俺だって、最近は友達いるんだからな。大学のやつらとか」

休日に誘えるほど仲がいいかはともかく、それ自体は嘘ではなかった。少しずつ、八尋も他人に馴染めるようにはなっていたのだ。

「そっか……」

主基は額を押し当ててくる。

「このごろ忙しくて、そんな話も全然してなかったよな。聞かせて？」

「……今度な」

話をしたかった。本当は、明日ゆっくりいろんな話をするはずだったのだ。だけど今はそんな気持ちにはなれなかった。

八尋は体内から抜けていく感触に耐え、主基のからだを押しのけた。

「明日休みじゃなくなったんだからさ、寝たほうがいいんじゃね？」

「ええ？　じゃあHは？」

「もうやったじゃん」

「一回だけだろ」

「あとはおあずけ」

「そんなんあり？　こんな途中で」

不満の声があがるのを無視して、ベッドから下りる。

「おやすみ」

「え？　って、ちょっ――」

「自分とこで寝る」

有無を言わせず、部屋を出て背中でドアを閉める。

抱かれたい気持ちがないわけがなかった。だけどこのところ休みなしの主基の体力を温存させてやりたいというのもあったし――そして正直に言えば、ひどく拗《す》ねた気分だった。なるべく表に出さないように気をつけてはいたものの、死ぬほど楽しみにしていた。だめになって、泣いてしまいそうで、でもいくらなんでもこんなことで泣く姿を見せるわけにはいかない。

（……子供じゃあるまいし）

だから、主基の腕で眠るわけにもいかなかった。


そして次の日、目を覚ましたときには、主基はもう家にはいなかった。

——できるだけ早く帰るから。ごめん

というメモと、朝食がダイニングに用意してあった。

(わざわざつくっていってくれたのか)

目玉焼きのソーセージ添えに、パン皿とコーヒーカップが出してあるだけの簡単なものだが、やはり嬉しい。朝、顔を見られなかったのは寂しいけれども、

(まあ……赤い目を見られなくてよかったかも)

と、思うことにする。

(今頃、監督に会ってるのかな？　本当にハリウッドの映画に出ることになったりしたら、凄いよな……)

そうなったら、絶対アメリカまで見に行く。きっと初日に。

八尋はそれから、パンとコーヒーは自分で用意して、朝食を済ませた。

(今日一日、どうしよう)

午後からはさぼるつもりだった講義に出るとして、それまでは。

(……掃除でもするか)

洗い物を済ませてから、八尋は自分の部屋と居間を片づけた。

やる気になったわけでもないが、何かしているほうが気が紛れたし、思いきりよく不用なものを捨てたら、少しすっきりした。

そのあと大学へ行くと、同じ講義を取っている知人につかまった。昔からの主基の友人でもある西原は、一年留年して今年四回生になったが、まだいくつか単位を残していた。ノートのコピーを取らせてやり、その返礼に夕食を奢ってもらった。

そして家に帰る頃には、すでに日が暮れていた。

(あ……電気点《つ》いてる)

主基はもう帰っているらしい。こんなことならもっと早く帰ってくればよかったと、八尋は思った。共通の話題として主基のことを話すうち、つい夢中になって遅くなってしまったのだった。

玄関の鍵を取り出して差し込む。防犯のために、誰かいるときでも必ず鍵をかけることにしていた。

(——あれ、でも開いてる……?)

かけ忘れたのだろうか。怪訝に思いながら扉を開け、中へ入った。

リビングを覗いたが、そこには主基の姿はなかった。

(部屋かな)

ぱたぱたと駆け込んでしまいそうな逸《はや》る気持ちを抑え、二階への階段を上がる。

そして部屋のドアが目に映ると同時に、八尋はそれがわずかに開いていることに気づいた。

覗く気などなかったのに、中が見えてしまう。

「……っ……」

八尋は息を呑んだ。

正面に見えるベッドの上で、主基ともう一人、どことなく見覚えのある綺麗な男が裸で横たわっていた。

衝撃に立ちつくす。声が漏れそうな唇を、てのひらで塞ぐ。目を逸らして逃げだしたかった。見なかったことにしてしまえたら、と思った。

だが一瞬早く、相手の男と視線が合った。

男もまた目を見開く。誰かに見られるとは思ってもいなかったのだろう。彼は傍に脱ぎ散らかしてあった自分のシャツを羽織りながら、ベッドを下りた。そして下着とパンツに脚を通す。本当に全裸だったのだとわかる。

八尋は、彼が以前、主基と一緒に写真週刊誌に撮られたこともある俳優だと気づいた。

主基とは違うタイプだが、かなり人気のある、妖艶《ようえん》な感じの美形。主基の好みに、誂《あつら》えたようにはまった男だった。

(あの記事……本当だったんだ)

呆然と思い出す。

「君、一緒に暮らしてるっていう義弟?」

言葉も出てこない八尋に、彼のほうから近づき、声をかけてきた。

（義弟……）

主基は自分のことをそう説明しているのか。世間に対してなのか彼に対してなのか、それもたしかに間違いではないし、立場上、恋人と同棲しているとも公言できないだろうけれども。

「テレビとかで顔知ってるかもしれないけど、俺、篠田妖《しのだよう》。主基の今の恋人。びっくりさせちゃったかもしれないけど、お互い大人なんだから、見て見ぬ振りしてくれるよな？」

「……っ」

悪びれない自己紹介に、目の前がかっと赤くなった。

気がつけば、思わず手が出ていた。篠田の頬で大きな音を立てる。

「っつう……俳優の顔に、なんてことしてくれるんだよ？　ブラコンだとは聞いてるけど、兄貴の恋人を殴るなんて、うざいにもほどがあるんじゃないのか？」

「……っ……」

「そんなんだから、主基に鬱陶しがられんだよ……！」

吐き捨てて、篠田は部屋を出て行った。

鬱陶しいという言葉が胸に突き刺さり、八尋は動けなくなった。何も言えずに、彼の背中を見送った。階下で玄関の扉が閉まる大きな音が響いた。

それからどうやって自分の部屋に帰ったのか、全然思い出せなかった。気がついたら、べッドの上に呆然と腰掛けていた。

(……浮気してた)

疑いようがなかった。裸で同じベッドにいるなんて。

(というか、主基はあの人のほうが好きなのかもしれない)

自分が本命の主基の恋人だという自信が、八尋にはなかった。

もしあったら、あんな現場を押さえたら、もっと相手に言ってやれることがあったはずだった。義弟扱いされて、違うと言えたはずだった。でも実際には、手は出ても言葉は何も出てこなかったのだ。

主基に対してもそうだ。叩き起こして、怒ったり問いつめたりしてもよかったはずだったのに。

どっちもできなかったのは、主基の本命は自分ではないのかもしれないと、本当はずっと思っていたからだ。

(……この家でするなんて)

外はともかく、家の中は自分のテリトリーのはずだった。一緒に小物やファブリックを選んだりして、居場所ができたように思っていた。それなのに。

しかもいつ八尋が帰ってくるかわからないのに、ドアが閉まっていることさえも確認しないで彼らは抱きあったのだ。

もう、ごまかしてくれる気さえなかったということだった。

ぼろっと涙が膝に落ちた。

一度涙が零れたら、止まらなくなった。

（浮気はしてないって、言ってたくせに。信じろって）

信じたわけではなかったが、信じようとはしていた。自分の思いほどじゃなくても、主基もそれなりに思ってくれてると。

（嘘ついてくれるくらいには、俺のこと好きだって）

だけど実際には主基には他につきあっている相手がいて、その相手に八尋のことを「鬱陶しい」と話していたのだ。

もう限界だ、と思った。

子供の頃から大好きで、つきあおうって言われたときは死ぬほど嬉しかった。長くは続かない気はしてたけど、飛びつかずにはいられなかった。

それに実際、上手くいく可能性だって、あると思っていたのだ。

（だって主基のことならよく知ってる）

どんなタイプが好きで、どういうことをされるといやなのか。何をすれば喜んでくれるのか。

（だから、上手くやれるかもしれないって）

好きになってくれるかもしれない、夢を見た。

(でも、やっぱりだめだったんだ。——俺のこと、鬱陶しいって)

「……八尋……?」

ドアの外からかけられた声に、八尋ははっと顔を上げた。

「帰ってんの? 俺、いつのまにか眠ってたみたいで」

(主基……)

脳天気な声だった。

「腹減ってない? 寝ちゃった?」

何を何事もなかったみたいに、と思う。八尋があれを見たことを知ったら、主基はなんというだろう。

(……でも、もう一回、ごまかしてくれたら)

と、八尋は思う。

それとも、二度としない、おまえだけだと誓ってくれたら。

(やり直すことができる? そしてまた何度も同じことを繰り返して)

それとも、もし彼が開き直ったら。

(あの人のほうが好きだって、そう言ったら)

いや、きっとそう言う。八尋は、篠田の堂々とした恋人宣言を思い出さずにはいられなかった。

泣きわめいて責めたい。でもできない。開き直られるのが怖い。それにもうこれ以上、主基に鬱陶しいと思われたくなかった。

八尋は息を殺す。

「……寝ちゃったか」

主基は小さくため息をつき、部屋の前から去っていった。

彼が階段を下りていく足音を確認してから、八尋はふたたび激しくしゃくりあげた。


どうしても必要なものっていうのは、実はそんなにはなかった。

大学のテキストも洋服も、買い直せないものじゃない。思い出に繋がるものは、持っていきたくなかった。

小さなボストンバッグを一つ持って、深夜にこっそりと部屋を出る。静かに階段を下り、リビングを抜けて玄関へ向かおうとする。

その瞬間、ふいに灯りが点された。

「……っ」

「こんな夜中にどこ行くつもり？」

はっと振り向けば、主基がいた。

「しかもそんな荷物まで持って」

腕を組んで支柱に寄りかかり、恐ろしく不機嫌そうだった。答えられない八尋に、彼は深くため息をつく。

「なんか凄く片づいてるから、変だとは思ってたけどな」

「あ、それは……」

気分転換のために掃除をしただけで、あの時点では家を出ようとか、そんなつもりは全然なかったのだ。

だがそのことが主基を誤解させたらしい。

「なんだよ」

「……なんでもない」

誤解とはいえ、結果は同じことだ。だったら、誤解させたままでも別にかまいはしないだろう。

「……俺と別れるつもり？　まさか冗談だよな？」

びく、と八尋は思わず反応してしまう。その瞬間、手首を強く摑まれ、壁に押しつけられた。

「冗談だよな⁉」

主基は強く問いつめてきた。八尋は何も答えることができなかった。冗談で片づけることができたら、どんなによかったか。

「──っどうしてだよ⁉　なんで急にそんな気になったんだよ、理由も何も言わないで、いきなり出ていくなんて滅茶苦茶すぎるだろ⁉」

(じゃあ、浮気は無茶じゃないのかよ)

しかもこの家で。ばれてもいいと思ってたんだろ?

主基が声を荒げているのが不思議だった。

(こんな主基、見たことない)

画面の中以外では。

少しは別れたくないと思ってくれているのだろうか?　それとも、ただ不意打ちに怒っているだけなのか。

「……なあ、昨日まではふつうだったじゃん。休み取れたって言ったときは喜んでただろ?　それがどうして、そんな急に」

「……」

「休みがだめになったから?　だったら、そのことはほんと悪かったと思ってる。ごめん。かわりに来週休みもぎ取ったから、埋め合わせする。絶対」

「……別にそんなの関係ないってば。行けば、って言ったの俺だし」

「だったらどうして……！」

「……ただ、いやになっただけ」

「いや？　俺を嫌いになったってこと？」

「……うん」

ただそう答えるのが精一杯だった。声が震えないように——泣いてしまわないように。

「俺のどこが？　悪いところがあれば直すよ。言ってくれよ。ワンチャンスぐらいくれたっていいだろ？」

こんなふうに引き留められるとは、全然思っていなかった。主基はもっとさらっと、綺麗に別れ話をするのかと思っていた。自分にはできそうになかったから、黙って出ていくつもりだったのに。

「どこって……ただ飽きたんだよ」

「飽きるほど長くないだろ、つきあってからは」

たしかに長くは保たなかった。初めて寝た日から、わずか半年だ。

「具体的に言えよっ」

問いつめられて、具体的に答えようとして、できなかった。

浮気が嫌。誰にでも優しいのが嫌。かまうのは自分だけにして欲しい。

そんなことならいくらでも思いつくのに、それ以外のことは何も出てこなかった。

だって、一緒に暮らすのは楽しかったからだ。凄く、凄く楽しかった。主基は優しくしてくれたし、忙しい合間を縫ってちゃんとかまってくれたし、百万人の笑顔で笑いかけてくれた。

(俺だけのものだったら、どんなによかったか)

「……具体的に言えないいくらい、全部いやなんだよ……っ。顔も、性格も、セックスも……っ」

(でもそれは無理だから。俺だけのものには、けっしてならない)

手に入れた、と一瞬、錯覚したけれど。

「八尋」

腕の中から逃れると、また手を伸ばしてくる。八尋はそれを振り払う。

「さわんなって、言ってるだろ……！　抱かれるのもいやなんだからっ……」

上手いのが嫌だった。どうしても連想する。今までの主基の恋人たち、今の浮気相手たち。

全然かなわないと思う。

抑えてきた涙が、ふいに溢れた。

主基が、伸ばしていた手をゆっくりと下ろしていくのが見えた。

「……泣くほどいやってことか……」

彼は深く吐息をついた。

「……どこへ行くつもり。実家?」

何も考えてはいなくて、返事ができなかった。

実家にはできれば帰りたくない。父親とは相変わらず折り合いが悪いままだった。けれど他に行くあてもなかった。

答えないのを、主基は否定と取ったようだった。

「新しい男でもできた?」

「……っ」

とっさに否定しようとして、でも。

(そう思わせておいたほうがいいのかも)

と、思い直す。せめて一矢報いたい。

「……そっちに転がり込むわけか。誰、って聞いていい?」

「……おまえの知らない奴」

「そう。……そういや俺、おまえに友達ができてることも知らなかったもんな」

主基はもう、八尋と視線を合わせようとしなかった。どこを見つめているのかもよくわからなかった。

「おまえのこと、なんでも知ってると思ってたのに、いつのまにかなんにもわからなくなってたんだな」

「主基……」

なぜ彼がそんな傷ついた顔をするのか、よくわからなかった。自分が何か凄く間違ったことをしているんじゃないかという気がした。

(あれはただの浮気で、……俺のことだって、もしかしたらまだそれなりには)

「……荷物」

「え……?」

ふいに出てきた単語に、八尋は顔を上げた。

「送って欲しかったら、住所メールして。そのバッグだけじゃ足りないものもあるだろ」

事後処理を告げる言葉に、胸を抉られる。

「……うん」

「あと、車呼んでやるから」

「えっ?」

「迎えが来る?」

「ま、まさか」

「じゃあ、徒歩は危ないだろ。こんな時間に」

主基は携帯で、いつものタクシー会社に電話してくれる。

(……こんなときにまで)

優しい、というのか。冷静というのか。自分で想像していた「別れ話」のイメージに近い。なのに、凄く苦しい。

「すぐ来るって。払いは俺につけといていいから」

「そ……そういうわけにはいかないだろ……っ。わ、別れるのに、そんな……っ」

自分で口に出して、ずきずきと胸が痛んだ。立っていられなくなりそうだった。

「……そう。じゃあ好きにして」

「……」

何か言おうとして、でも何も言葉が出てこない。

もう、これで最後なのに。会話できるチャンスなんて、二度とない。それなのに。

主基も黙っている。

痛いような沈黙が二人のあいだに流れた。

静寂を車のエンジン音が破る。屋敷の門の前あたりで、止まった気配がする。

「……じゃあ、気をつけて」

最後まで優しい。それが別れの言葉だった。

5

「これから暇?」

主基はスタジオの廊下で、帰宅しようとする西原を見つけて声をかけた。

西原は振り向く。

「あー……まあ暇っちゃ暇だけど」

「飲みに行かねえ?」

彼は軽く考え込む顔をした。

「別に行ってもいいんだけどさ。おまえ、せっかく仕事早く終わったんなら帰ったほうがいいんじゃね? 八尋待ってんだろ?」

八尋が主基の家に転がり込んできてから、二ヶ月が過ぎていた。

そのあいだずっと仕事が忙しかったために、主基の帰宅は遅かった。否、たまに早く上がれても、こんなふうに飲んで帰ることが多かった。

「……別に待ってないだろ」

「そうか？　一日中一人であの家にいるんだろ。ミミついてると外にも出られないし、ふつうに考えて寂しいんじゃね？」

西原の言うことには一理あった。

毎日一人で家の中に閉じこもっていれば退屈だろうし、寂しい思いをしているかもしれない。なるべく早く帰るようにしてやったほうがいいのかもしれない。

だが、そう思う傍から思い出す科白がある。

——これは狐のしっぽだから！　嬉しいから振ってるわけじゃないから……！

主基はため息をついた。

「俺が帰ったって喜ばねーし。八尋はただミミつきなんかになって、身の振りかたに困って俺んとこに来ただけなんだからさ」

「なのについ手ぇ出しちゃうわけだ」

鋭く指摘され、主基は答えに詰まった。

西原の言う通りだった。八尋の窮状につけ込むような真似は、したくないと思っているのに。

自己嫌悪で、顔も見られたくないような気持ちでセックスする。

憮然と黙り込む主基に、西原は笑った。

「やっぱりねえ。ミミつきのフェロモンって凄いもんな。前に偶然おまえんちで会ったとき、ぐらぐらきてびっくりしたよ。おまえが凄い顔で睨むからちゅーもできなかったけどさ。

——ああ、ほら、その顔」

また無意識に睨んでいたらしい。主基はてのひらで瞼を覆った。

別にフェロモンのせいだけで手を出しているわけではないと思うのだ。八尋がフェロモン全開で誘ってくるから——そのつたない誘いかたにぞくぞく来てしまうから、ということもあるけれども、ミミつきになる以前から、主基にとっての八尋は、ついさわりたくなる相手だったのだ。恋人同士ならふつうのことだとまるめ込んで、どこでも手を伸ばしてしまうほど。

「ま、今日のところはさ、これで我慢しとけば？」

そう言って、西原は近くにあった自販機で、自分の分と一緒に缶コーヒーを買ってくれた。

心尽くしをありがたく受け取って、彼も一緒に主基の楽屋へと戻る。

「で、さあ。だいたいおまえらなんで別れたん？　そういや聞いてなかったよな」

聞けない雰囲気だったし、と西原は言った。

「でもういいだろ」

たしかに別れてすぐの頃は、そのことにはふれたくもなくて口を閉ざしていた。なのに今は、話す気にもなれる。時間が癒《いや》したのか、八尋と再会したからなのだろうか。

「——他に男ができたんだって」

「へ……八尋に？　嘘ぉ」

西原が声をあげる。信じられない、と思う気持ちはなんとなく理解できた。当時は自分だって同じように思ったのだ。

「仕事が忙しくなって、しばらくかまってやってなかったからな。そのあいだに、ってことだったんだろ」

「いや……けどまさか……」

「俺の全部が嫌いだとも言われた」

「まじ⁉」

西原はひどく驚いたようだった。

「なんでまたいきなり？」

「さあ……」

他に答えようもなく、主基は投げやりに言って缶を呷った。

「いや、けどさ……凄ぇ驚いたから覚えてんだけど、おまえら別れたの、俺らが大学の四回だった年の秋だろ。その頃俺、大学であいつに会ってるんだよな」

同じ大学に通っていたのだから、偶然会うこともあるだろう。主基は気のない返事を返す。

「ふーん、それで？」

「ノート借りて、礼代わりに学食で奢ったんだ」

「二年も下の奴にノート借りたのかよ」

「まあそれはともかく。——けどあいつ、飯食ってるあいだおまえのことばっか話してたんだぜ。共通の話題だからってこともあっただろうけど、むしろ惚気《のろけ》だったね、あれは。主基があああしたこうしたってとろけた顔しちゃってさ」

「え……？」

まじ？　と、今度は主基のほうが返してしまう。

八尋が自分のことをそんなふうに言っていたなんて、初耳だった。

嫌われていると思ったこともなかったが、恋人としての八尋はどちらかといえばあっさりしていて、それほど愛されているような気もしたことがなかった。つきあう前に、八尋に持っていたイメージからすると意外なほどだった。

「冗談とも演技とも思えなかったよ。で——、そのすぐあとに別れたって聞いただろ。てっきりおまえが振ったのかと思ったらそうでもないみたいだし、わけわかんねーと思って。あんな惚気てた直後に新しい男ができて、おまえのこと嫌いになって、乗り換えたってことになるだろ？」

「……」

「とはいえ、どっか寂しそうだった……というか、儚《はかな》い感じがしたのも覚えてるんだけどな。あとから思えば、兆候はあったってことなのかもしれないけど」

西原に惚気ながら、八尋の中では何か燻《くすぶ》っているものがあったということだろうか。

別れる前日、休みがとれたと言ったときまでは、八尋はとても喜んでいたはずだった。

主基の手料理を食べたがり、

――セックスしたい
とまで言っていた。

それが次の日の夜にはいきなり心変わりしていたのだ。なぜか。

(やっぱり、休みの約束を反故《ほご》にしたのを怒って……?)

いきなりあんなことになった理由としては、正直それくらいしか、主基には心当たりがなかった。男ができていたのは以前からだったとしても、最初は主基と別れるつもりまではなく、あれをきっかけに別の相手のほうに気持ちが傾いた……とか?

「なんかおかしいと思うなら、ちゃんと考えてみたほうがいいんじゃね? てゆーか、なんで今まで突っ込まなかったのかが、むしろ不思議だよ」

西原の言うことはもっともだった。本当はあれから少し時間を置いて、もう一度話しあうつもりで八尋に連絡をとろうとしたのだ。だがそのときには八尋はすでに日本にはいなかった。呆然として、痛すぎて、それからはもうちゃんと考えることもできなかった。

今だって、昔のことを考えるのは、傷口に自ら塩をすり込むような気分だった。

主基のそういう気持ちは、長いつきあいの西原の目には見通せてしまうらしい。

「おまえ、惚《ほ》れてたもんなぁ。ガキの頃から」

「え……？」

　誰に？……八尋に？

「は……何言ってんの」

「高校の頃、学校帰りにばったり会ったりすると、貴重な『女』との約束あってもキャンセルして、あいつのほうどっか連れてったりしてたよなあ」

「いや、それは……」

　たしかにそういうこともあったかもしれないけれども。

「あの頃はまだつきあってなかったし、あいつだってガキだったし、そういう対象なわけないだろ。優先したのは、もう親も離婚してて滅多に——でもないけど、会う機会も少なくなってたからで」

　主基の説明を、西原はにやにやと笑って聞いている。そしてふいに言った。

「でもさ、八尋のあれも待ち伏せだったんだから、あいこだよな」

「えっ？」

「いつ出てくるかもわかんねーのに、何時間あのへんうろうろしてたんだか、夏なんか顔真っ赤にしちゃってさ。会いたきゃ電話して誘えばいいのに、不器用で可愛いっちゃそうだけど、キモいといえばキモくもあるよな」

そう言って西原はからからと笑った。

（待ち伏せ）

考えたこともなかったが、指摘されてみればひどくしっくり納得できた。当時から、なんでこんな場所で「偶然」会うのか少しは不思議に思っていたからなのか、ふつうに電話をかけて誘う――それがなかなかできない八尋の性格がわかるからなのだろうか。

主基は自分が気持ち悪いと感じていないのが不思議だった。他の誰かに同じことをされたら、絶対そう思っているはずなのに。

「勘づいてるのかと思ってたけど、ほんとに全然わかってなかったのかよ。百戦錬磨も本気になると形無しなんだな」

「……悪かったな」

大笑いする西原に、憮然と答える。

西原は言った。

「いつまでも今みたいにしてるわけにもいかないだろ。八尋とちゃんと話したら？」

「……」

主基は、再び一緒に暮らしはじめた翌日、玄関に飛び出してきた八尋の姿を思い出す。

――お帰り！

（裸エプロンみたいな格好で）

勘違いしてちょっとときめいてしまった自分のことも思い出して頭を抱えながら、けれど帰ってきた主基を見て茶色いしっぽを激しく振る姿は、ひどく可愛らしかった。狐のしっぽだとは言うが、飼い主の帰宅を喜ぶ仔犬のようだった。

しっぽの動きと感情は関係ないという。けれどやはりあれを実際に見れば、まったく関係ないとも思えなくなるのだ。

(最近、それも見てないけどな)

暑いせいなのか、八尋はいつも薄着はしているけれども、しっぽはズボンの中に隠してしまっていた。穿いているのが短パンであっても同じことだった。しっぽを目にするのは、セックスのときだけになっていた。

「他に行くところがなくて困ってるだけだって言っても、あいつはおまえを選んで頼ってきたんだろ?」

帰ってやれよ、と西原は繰り返す。

主基は柴犬を思わせる、八尋の濡れたような黒い目を思い出していた。

＊

テレビを点けっぱなしにしたままで、いつのまにか眠り込んでいたようだった。

ノックの音で、八尋ははっと目を覚ました。

「八尋？」

「はい！」

思わずベッドに飛び起きて返事をすると、ドアが開いた。主基が顔を覗かせる。

「おっ、おかえり……っ」

「……どこ行ったかと思った」

「え……？」

「いや、下にいなかったからさ」

そういえば、いつもは下のリビングで主基の帰りを待っている。帰ってきた瞬間をつかまえて会わないと、顔を見られないような気がしていたからだ。ベッドにも誘えないような気がした。

主基は気にして見に来てくれたのだろうか。だとしたら嬉しいけど。

「起こしたか？　テレビの音が聞こえてたから平気かと……」

「ううん。大丈夫。……うたた寝してただけだから」

「あれからずっと？」

そう問われ、ベッドが昨夜情交したままのひどい状態であることに気づく。どう見ても、一度起きて再度昼寝したという感じではない。

「……ついうっかり」

どうせ起きてもあまりすることもないのだ。それでもだらしがないことはたしかで、不快に思われたかと視線を上げれば、主基はどこか不思議そうに八尋を見つめていた。顔ではなく、もっと下のほうだ。

「え……あっ」

八尋はようやく自分が主基のシャツにくるまっていたことに気がついた。

「これは……その……あの、」

シャツは、エプロンよりもっと主基の匂いがするような気がした。彼の腕に包まれているような気持ちになった。──勿論、彼が戻る前に返しておくつもりだったのだけれど。

「……ちょっと寒かったから、借りてた」

「別に着てていいよ。……寒いんだろ」

慌てて脱ごうとすると、主基は言った。途端に脱ぐ気がしなくなる。本当はもう寒くなんかないけど。

「う……うん。じゃあ……」

羽織りなおして、また顔を上げる。だが、主基の視線はもとのまま、八尋の後ろに向けられていた。

(……?)

それを追って、気づく。自分のしっぽがぶんぶんと振れていること。

いつもはズボンの中にしまってあるのに、素肌にシャツを羽織っただけの姿では、まるで隠せていなかった。

「……っこれはっ……」

八尋は慌ててしっぽを掴んだ。けれど止めようとしても、先のほうがふるふるするのは止められない。

「あの」

「感情とは関係ないんだろ？　わかってるから、そんなにしっかり握ったら痛くない？」

「あ……」

別に痛くはなかったが、八尋はそろそろと手を離した。

解放されたしっぽは、またぱたぱたと動きはじめる。それを見て、主基は笑った。

ふいに主基の声が画面の中から聞こえてきたのは、そのときだった。

主基の視線がテレビへ向かう。彼が主演するドラマが、ちょうどはじまったところだった。昼間の再放送は、この番組のための番宣をかねていたことを考えれば、つけっぱなしにしていればこうなるのは当然だった。

そのことに、主基はまさか気づいていないとは思うけど。

「ああ、ちょうど今日から……」

主基の言葉が途中で止まる。

「……これ、録画してんの?」

「あっ」

テレビにはレコーダーも接続されたままになっている。その録画サインが赤く点灯し、チャンネルまで表示されているのだった。

「うわ、これは……っ」

うっかり見逃すことがないように、主基の出る番組はすべて前もって予約するようにしてあったのだ。セックスするのはもっと遅い時間だし、まさか本人に見られることがあるなんて思わずに。

「これは、……そう、続きが気になったからで……!」

「今日からの新番組だけど?」

指摘され、八尋は絶句する。主基は笑った。

(他の俳優が気になるからとかなんとか、言えばよかった。番宣が気になったからとか)

そう思っても、後の祭りだった。なんだか変なところを見せてしまった、と思う。別れた男の主演ドラマを録画するなんて、気持ち悪いと思われてなければいいけど。

ちら、と窺えば、主基はまだ少し笑っている。

(ああ……でも、なんか懐かしい顔)

昔は、割といつもこういう笑みを浮かべていた気がするのに、再会してからはテレビの中でしか見なくなっていた。家でもそれなりに笑いはするけれども、どこか皮肉混じりで、笑顔という感じではなかった。

胸が痛いような思いで、ついじっと見惚れてしまう。

「……見てくれるつもりだったんだ?」

と、主基は言った。

「う……だ、だってふつう気になるだろ……!? 昔はつきあってたんだし、一応家族でもあったんだしさ……」

「じゃあ、下で一緒に見る?」

「え」

「俺も見るし、……あー、そう、エコっていうか?」

と、主基は画面に目を向ける。テレビでも、ちょうど省エネエアコンのCMをやっていた。話をしているうちに、最初の十分を見逃してしまったらしい。

(……録画してるからいいようなものだけど)

「同じ家で、同じ番組を別々に見てるっていうのも無駄だし」

そう言われれば、生活費を全額世話になっている八尋に否やはない。からだで払っているかたちにはなっているものの、嫌なことをされているわけでもない八尋には、対価として成立している自覚もあまりなかった。

それに何より、主基と一緒にテレビを見る、それだけのことがたまらなく嬉しい。

「う、うん……っ」

手招かれ、飛んでいこうとする。だがベッドから下りた途端、膝が崩れ、八尋はがくりと座り込んでしまった。

(うわ……)

なか出しされたものが、どろりと漏れてくる感触があった。

(嘘……寝てるうちに全部出たかと思ってたのに)

実際、シーツもかなりひどいことになっているのに。

「どうかした?」

「あ……な、なんでもない……っ」

「……ああ」

もじもじとしたしぐさで、主基は何が起こったのか悟ったようだった。

「先に風呂かな、これは」

彼はベッドへ近づき、うずくまる八尋を覗き込んできた。

「大丈夫？　腹壊したりしてない？」

やりすぎたかな、と呟く主基に、八尋は首を振る。主基がなぜだかとても優しい気がして、胸が痛いくらい不思議だった。こんな主基は再会してから初めてのような気がする。

（あ……いや、違う。ここへ戻ってきた日、俺が研究所で実験動物みたいに扱われてたって話が出たときも、凄く同情してくれた）

やっぱり主基は、基本的にはとても優しい男なのだ。

「大丈夫。テレビ見るし」

心配させたくなかったし、それ以上にこの機会を逃したくなかった。だが、主基は言った。

「それは録画でな。下でも録《と》ってるから」

「えっ、ちょ、……っ」

そしてふわりと八尋を抱き上げる。バスルームまで連れていってくれるつもりなのだろうか。

（一人で行ける。……たぶん）

そう言おうとしたときだった。

ふいに香水の匂いを感じて、八尋は黙った。

(何これ、移り香……?)

ミミつきになってから、もしかしたら少し嗅覚が鋭くなっているのか、ちょっとした匂いに気づくことはよくある。でもこの匂いは、何か覚えがあるような。

(なんだっけ……? 誰の?)

ただ隣にいただけだって匂いが移ることはある。深く考えることはない。ましてや主基は俳優だし、他人と密着することも日常茶飯事だ。以前にもよくあった。

だがそう思うのに、八尋の心はざわめいてならない。嫉妬する権利などないことは、わかっているのに。


風呂から上がると、主基が遅い夕食をつくっていた。

髪を緩く結わえ、黒いエプロンをして、スープの味見をする。想像していた通り、そんな姿がとても絵になっていた。

キッチンの入り口に立ってつい見惚れていると、主基がふと八尋に気づいた。

「上がったのか。おまえも食うだろ」

「え……いいのか?」

「まあ、もう他に食えるようなものも残ってないしね。そろそろできるから、皿出してくれる?」

「うん……っ」

八尋は浮き立つような気持ちで、食器やスプーンなどを用意した。

簡単な炒飯《チャーハン》とスープだが、どちらもひどく食欲をそそる匂いを放っている。先刻の香水も、すっかりそれにかき消されてしまっていて、八尋はほっとした。

「味、どう? 薄くない?」

「美味しい」

味見を求められ、八尋は素直に答えた。

熟練しているわけではないが、センスがいいのか、昔から主基が適当につくるものはたいてい美味しかった。欲目と慣れもあるのかもしれない。反対に、八尋は料理のセンスはよくなくて、二人で食事をつくるときは、八尋はもっぱら指示に従って道具や材料を出したり、皮剝き器で皮を剝いたりする係をつとめていた。

(……それに懐かしい味)

主基の手料理を食べるのも、再会して初めてのことだった。つい涙ぐんでしまいそうにさえなり、そっと瞬《まばた》きをする。

悟られないように、炒飯が盛られた皿を、八尋は運んだ。

ささいなことだが、手伝うのが楽しい。昔に戻ったような気分だった。一緒に暮らしていた頃は勿論、それ以前もよくこうして主基が料理するのを手伝ったものだった。

二人でいてセックス以外のことをするのは、ずいぶんひさしぶりのことだった。再会してから初めてだったかもしれない。

どうして急に主基の態度が軟化したのか、八尋にはわからなかった。けれどもしかしてこんなふうに少しずつ、もとに戻っていけるのではないか——そんな夢のような錯覚さえ起こしてしまいそうになる。八尋は舞い上がっていた。

準備が整うと、リビングのソファに並び、録画したドラマを見ながら食事することになった。

——こっちのテレビのほうが大きいから
というのが理由だが、傍に主基の体温を意識すると、ひどく落ち着かない。

それでもドラマがはじまってしまえばすぐに引き込まれた。話の掴みもよかったが、八尋はそれ以上に主基を見ていた。刑事の役は少し抜けたところがあって、それが優しくも見える。けれど画面からちら、と鋭い視線を向けられるときはどきどきした。

「面白い?」

「えっ」

　CMになって声をかけられ、八尋は思わず膝に抱えたままの皿を落としそうになった。

「う、うん」

　新番組、ということで多少は気にしているだろう主基に、素直に答える。ただ一つ、相手役として出ているのが因縁のある篠田妖だということだけが引っかかるが、仕事は仕事だと思えばどうにか目を瞑ることができた。どうせ主基のことだから、二年前の相手となんて、もうとっくに別れているだろうし。

　そんなことを考えるうち、八尋はふと思い出して口にした。

「そういえば最近、恋愛物には出てないよな」

　今回もメインは殺人事件の解決で、恋愛要素もあるにはあるが、薄いようだ。

「またやればいいのに」

「……どうして？」

「どうして、って……向いてると思うし」

　顔がよくて声も甘いということもある。だがそれ以上に、ちょっとした表情で感情を表現するのが上手いから、恋愛物に合っていると思うのだ。

　そう口にしようとして、あまりにベタ褒めすることについ照れてしまう。

「あの、……あれとか凄いよかったしさ。だいぶ泣いたし、他にもいろいろ……」

八尋は、主基が出ていた映画のタイトルを口にした。別れたすぐあとに、ハリウッドの有名監督から声がかかって出演したものだ。

主基は驚いたように目を見開く。そしてその瞳がゆっくりと細められた。

「ずいぶん詳しいみたいじゃん。見てくれたんだ?」

指摘され、八尋ははっと我に返った。

「だ、だってあれ凄い評判で、向こうじゃみんな見てたから……!」

「へえ、そう」

「べ、別に、ストーカーみたいに追っかけてたとかじゃ……ただもったいないって言いたかっただけで」

主基は微笑した。

「そうだな……そのうちな」

画面の中にいるのと同じ人に、ちょっと違う自分だけのための笑顔を向けられて、八尋の鼓動は痛いくらい高鳴った。

(独り占め)

という言葉が脳裏を過《よ》ぎる。

(いや、違うんだけど……でも)

今この瞬間だけはそういう気持ちに浸っていられる。

画面に夢中になっていると、食べるほうがおろそかになってしまう。食事は食事で、懐かしい味が美味しくて、忙しい。

結局、ドラマが終わるまで、食べ終わらなかった。

エンディングのあと、やや慌ててスープを飲んでいると、主基が台所からもう一皿持ってきた。皿には炒飯の残りが半分ほどよそってあった。

「え……？」

特におかわりを頼んではいないけど、と見上げれば、主基は言った。

「もうちょっと食っとけよ。なんか痩せたみたいだし」

「……ごめん」

「へ？」

思わず謝ると、主基は怪訝そうな顔で眉を上げた。

「なんでそこで謝るわけ？」

「あ……もっと太ってるほうが抱き心地がいいって意味かと思って」

「いや……それはそうだけど、そういうことじゃなくて」

今度は八尋が首を傾げる。

主基は頭を抱えてため息をついた。

「……ま、いいから食えよ」

言われるまま、八尋はまたスプーンを動かす。けっこう満腹に近かったが、食べられない量ではなかった。

他に意識を奪われるものもなく、食べることに集中していると、主基がふいにミミにふれてきた。

「やう……⁉︎」

つい変な声が出てしまい、八尋は真っ赤になった。

「ごめん、ここ感じるんだったな、そういえば」

「そ、い、いきなりさわるからっ……」

「さっきからずっとこう……ピンと前に向いてるから、気になってさ」

「え」

「しっぽもパジャマの中でもぞもぞ動いてるし」

八尋は薄い布の上から慌ててそれを摑む。サスペンスに緊張したり、主基のラブシーンにどきどきしたりしながら夢中でドラマを見ているあいだ、いったいどんなふうに動いていたのだろう。それを彼が見ていたのかと思うと、なんとなくひどく恥ずかしい。

「み、見んなよ……っ」

「このミミさ、自分で動かせるの？」

主基は八尋の抗議を聞き流し、問いかけてきた。

「動かしてみて?」

「なんでだよ……」

「無理?」

「……できるけど。少しなら」

仕方なく、前向きから横向きへと動かしてみる。ミミのほうは、一応なんとか意志を反映させることができる。勝手に動いてしまうときもあるけれども、しっぽに比べれば、まだ。

「下げてみて」

ぺたり、と頭につけてみる。主基はまた笑って、撫でてくれた。

(う……気持ちいい)

ぞくぞくと背筋を込み上げてくるような快さだった。性的快感というよりは、もっと純粋な気持ちよさ。

これはもしかして、犬がご主人様に頭を撫でられるときと同じ気持ちよさなのではないかと思ってしまう。

(いや……でも犬じゃないし。ミミがついてるだけだし)

頭を撫でる主基の手の動きが、少しずつ髪と被毛を掻き分けるようなものになっていく。

「……フェロモンってどこから出てんのかな」

「え……さ、さあ」

「だいたいフェロモンってなんなんだろ。匂うってわけじゃないみたいだし」

主基はミミのつけ根に顔を寄せ、くんくんと嗅《か》いだ。

「ちょ、もう……」

八尋は思わず押しのけようとするけれども。

「……嫌って言う割にはさ」

「え、あ……っ」

さっきから摑んだままの手の中で、しっぽはやはりぶんぶんと振れているのだった。

(もう、もう……っ)

この正直すぎるしっぽはなんとかならないものなのか。

すでに八尋は、感情としっぽやミミの動きが関係ないという説を放棄しはじめていた。

主基は笑って手を離す。途端に八尋は肌寂しいような気持ちになる。もっと撫でて欲しかった。けれどそこまで贅沢《ぜいたく》にねだってはいけないと思う。

「……がっつかないよな、おまえ」

気がついたら、そう口にしていた。

「うん？　どういう意味？」

「い……いや、その……フェロモン効いてないのかと思って……。めずらしいっていうか」

「……そう見える？」

主基の表情が少し変わる。微笑が、どこか皮肉なものになる。

「向こうじゃ違った？」

「そりゃ……って、別にいいじゃん、そんなこと」

唐突に帰国する前のことを聞かれて、八尋はごまかす。ミミつきがちやほやされる反面、どんなに危険な目にあったかなんて思い出したくもなかったし、特に主基には知られたくなかった。

「もしかして、がっつかれて押されてつきあった相手とかいた？」

「……向こうで、好きでつきあった奴なんていない。……もういいだろ」

八尋は話を打ち切ろうとしたが、主基はやめさせてくれない。

「何人？」

「……。おまえが教えたら教える」

反射的にそう答えると、沈黙が下りた。

（ほら、自分だって言いたくないくせに）

本当はこっちだって聞きたくないけれども。

だが、主基は唇を開いた。

「……おまえが出ていってすぐに、俺は――」

（すぐ!?）

その言葉に、思わず目を見開く。主基は別れてからあっというまに新しい相手をつくってしまったのだ。

「いいって、聞きたくない……！」

すぐに忘れてしまえるくらい、八尋とのことが取るに足りないものだったなんて、聞きたくなかった。何人とつきあって、自分と同じように抱いたかなんて。

「どうして聞きたくないの」

「おまえこそ、どうして聞きたいんだよ……！」

主基は答えなかった。黙り込んだまま、睨みあう。

先に目を逸らしたのは、主基のほうだった。彼は立ち上がり、食器を片づけて流しへ運ぼうとする。

「あ、俺が」

「食洗機入れるだけだし」

手伝いたかったが、そう言われると鬱陶しがられそうで、強く申し出ることはできなくなった。前は、たいした量がないときは食洗機を使わずに、並んで一緒に洗ったものだったのに。

（なんでこうなったんだろう）

ほんの十分か二十分前までは、めずらしくけっこう和やかに話をしていたはずだった。それなのに。

(何がいけなかったんだろう?)

八尋はよくわからなくて、ただうつむく。

「ミミ、垂れてる。しっぽも」

「え」

降ってきた声に顔を上げれば、主基が苦笑していた。

言われてみれば、たしかにミミもしっぽもしおれていた。やはり気持ちに反応していると
いうことなのだろうか。

「み……見んなよ、ばか……!」

主基は笑う。笑われてる……とわかっても、やっぱり笑顔を見るとほっとした。

「じゃあ、風呂入ってくるから、やっといて」

と、彼は八尋に食器を手渡す。

「あ、うん……っ」

「で、終わったら部屋で待ってて」

囁かれ、かあっと体温が上がった。

(それって、風呂から上がったらする、ってこと?)

「……ああ、またしっぽが」

「！」

ぱたぱたと左右に振れている。

「そんなに好き？」

「ばっ、バカやろ……‼　これは感情とは関係ないって言っただろ……！」

自分でも、もうとても信じられなくなった説を、一応主張してみる。好きなのはセックスじゃなくて、主基にふれることだけど。

そして恥ずかしさに、八尋はキッチンへと逃げ込んだ。


自分の部屋で、シーツや枕カバーを替えて待っているのは、いつものこととはいえひどく照れくさかった。

風呂から上がってきた主基の少し湿った髪からは、もうシャンプーの匂いしかしなかった。他の誰かを思わせるようなものはない。八尋はほっと息をついて、彼の腕に抱かれた。

（いつもと同じ）

それより、少し優しかったかもしれない。夕食のときのやわらかな雰囲気が、ベッドの中にもあったような気がした。

朝になって八尋が目を覚ましたとき、主基はまだ隣で眠っていた。

この頃ではそれもめずらしいことで、嬉しくなって寝顔を覗き込む。綺麗すぎて、どきどきする。

(……美形は得だよな)

寝ていてさえ綺麗だなんて。それにくらべて自分は、と思うと少々せつなくなるくらいだった。

(疲れてるんだろうな……。ずっと忙しいし)

主基は目覚ましをかけなくても起きられるほうだし、特に何も頼まれてはいないが、適当な時間になったら起こしたほうがいいのだろうか。そんなことを思いながら時計を見上げれば、八時半を過ぎていた。

(もうすぐ朝の芸能ニュースはじまるな……)

芸能ニュースやワイドショーは、極力見るようにしている。主基のことがちらちら出てきたりするからだ。

部屋のテレビを点けようとして、それでは主基を起こしてしまうかも、と思い直す。主基はどちらかといえば眠りの浅いタイプだ。それにこんなにもこまめにチェックしていることは、やっぱり主基には秘密にしたかった。

(朝飯でもつくりながら下で見るか……)

主基は食べてくれるだろうか。そういうことはするなと言われてはいるけれども、昨日の今日だからもしかして……と八尋は淡く期待する。

彼を起こさないように、そっとベッドを下り、部屋を出た。

ダイニングキッチンのテレビを点け、ありあわせのもので何かつくろうと、冷蔵庫やパントリーをあさる。

（……っていうか、本当に何もないな）

食材はおろか、買い置きのレトルトのたぐいも使い切ってしまっている。

八尋はミミつきの身で安易に買い出しには行けないし、主基は顔が知られている割には平気で買い物に出るほうだが、最近はひどく忙しかった。

（そういえば、昨日の炒飯とスープもありあわせっぽかったか……美味しかったけど）

米は少しあるのでそれを炊いて、昨日のスープの残りを温めなおして……などと考えていたときだった。

テレビからふいに主基の名前が流れてきた。

「かねてから噂《うわさ》のあった篠田妖さんと、一緒にホテルから出てくるところが今週発売の写真週刊誌に載ることがわかりました」

顔を上げれば、写真週刊誌のグラビアが画面にクローズアップされていた。

主基と篠田のツーショットだ。

「――……」

手にしていた計量カップが転げ落ちる。

(マンションから出てきたって……篠田妖って)

二年前、主基と別れる原因になった男だった。

主基は篠田と、あのあともずっとつきあっていたのだろうか?

(……あの主基が?)

続いているわけはないと高をくくっていた。今までつきあってきた誰とも数ヶ月か、短ければ数週間しか続かなかった男が、たった一人を二年も愛していられるはずがないと思っていた。だから共演するドラマを見ても冷静でいられた。

(でも続いてた……? 俺とだって半年しか続かなかったのに?)

昨日の匂いの記憶が、ふいに蘇る。

(そうだ、あれって……)

昔、篠田が使っていたのと同じ香水の匂いだった。主基と寝ているのを発見したあの日、擦れ違うときに嗅いだのだ。

だからといって、昨日のあれが篠田の移り香かどうかはわからない。同じ香水を使っている別人のものだったのかもしれない。

(でも、もしあの人のだったら)

「主基さんと篠田さんとは、現在放送中のドラマでも恋人同士を演じており、非常にリアルな演技と評判——」

画面が切り替わり、映画の舞台挨拶をする篠田の映像が映った。あの当時と変わらない、妖艶で綺麗な顔。とても主基の好みだと思う。

「犬養主基さんとの密会の記事が出ましたが」

「ああ、そうなんですか？　でも今さらって感じですね」

彼は映画とは無関係の不躾《ぶしつけ》な記者たちの質問にも、機嫌よく答えていた。

「結婚？　そうですね、したらいい夫婦になれるでしょうね」

冗談ぽく言って微笑する。篠田は少しも報道を否定することがなかった。ＶＴＲはそこで終わり、スタジオへ戻る。

ふいに携帯の着信音が響いたのは、そのときだった。

音は、主基の脱ぎっぱなしにされた上着のポケットから響いていた。

いけないこととは思いながら、八尋はおそるおそるそれを取り出し、発信人を確認した。

篠田からだった。

（……ほんとにまだ、続いてたんだ）

二年ものあいだ——否、もっと前からだったのかもしれない。そんなに続くなんて、間違いなく篠田は主基の「本命」に違いなかった。

八尋は半ば無意識にテレビの電源を落とし、ふらふらと自分の部屋へ戻った。

主基はまだぐっすりと眠っていた。

その綺麗な寝顔を見下ろす。

(……まだあの男とつきあってる)

先刻の電話は、デートの呼び出しだったのかもしれない。あれに出ていたら、主基はきっと出かけていただろう。

そうでなかったとしても、今日はまた共演中のドラマの撮影があるのかもしれない。

(そうしたら二人は顔を合わせて、そのまま)

ベッドをともにするのかもしれない。昨日の匂いだって、肌を合わせたがゆえの移り香だったのかもしれない。

そんな想像が頭を離れない。胸が灼《や》けてたまらなかった。

このままもとに戻れるかも、なんて夢見た自分がバカみたいに思えた。

行かせたくない。会わせたくない。ちょっと優しくされたから、ますます放したくなくなっていた。

だけど、それを止める手だてなんかない。

「う……ん」

主基が小さく呻《うめ》いて伸びをする。

もうすぐ彼が目を覚ます。

焦る気持ちの中で意味もなく部屋を見回し、ふと目についたのは、無造作にベッドにかけてあった、主基のネクタイだった。セックスのときに、八尋を縛るのに使ったものだ。

八尋はそれを手に取った。

ヘッドボードの柵を通し、端を主基の手首に巻きつけて、縛める。苦痛がないように気をつけながらも、できるだけきつく縛った。両手首とも同じようにして、念入りに確認する。

そして作業を終え、八尋は息をついた。

(これでもう主基はベッドから離れられない)

逃げられない。この部屋を出て行くこともできない。

そう思った瞬間、八尋はひどくほっとした。からだ中の力が抜けたような気がした。

こんなにも安心して、満たされた気持ちになったのは、生まれて初めてだと言ってもよかったかもしれない。

八尋は主基の寝顔を見下ろして、ひとり微笑んだ。

(俺のものだ)

主基のパジャマのズボンを下着ごと下ろす。そして引きずり出したものを唇に咥えた。

彼は目を覚まさないままで、けれどぴくりと反応した。

愛《いと》おしさが込み上げて、このまま食いちぎって自分のものにしてしまいたいとさえ八尋は思った。

深く含み、舌で裏側を圧迫しながら強く吸い、また出し入れを繰り返す。ふれたい欲望のままに茎を舐め回す。

「ん、……っ?」

ふいに主基のからだが緊張した。

「ちょ、何やってんの、おまえ……っ」

上体を起こそうとしてできず、彼はようやくはっきりと目を覚まし、自分の置かれた状況に気づいたようだった。

「何これ、なんのプレイ?」

わけがわからないという顔をする主基に、にっこりと笑いかける。

「プレイってわけでもないけど」

完勃ちさせた茎に、昨夜使って放ったままになっていたローションを垂らし、塗りつける。同時に彼の腰を挟んで膝立ちになり、後ろへ自分の指を挿入した。

「あ……ッ」

昨夜さんざん主基を受け入れたばかりの部分はやわらかく綻《ほころ》び、素直に指を飲み込んでしまう。慣らすためにしていることなのに、からだはびくびくと反応した。

「……ぁっ……はぁ……っ」

目の前には主基のものがある。ぬるぬるとぬめるそれを手の中で扱《しご》き上げていると、挿入される感覚を思い出してぞくぞくした。

「……っおい……っ」

主基が下で息を詰める。

「解《ほど》けよ、これ。なんのつもりだよ？」

「焦れったくなってきた？」

「そっちもだろ？　腰揺れてるし」

たしかに、主基の指摘の通りだった。後ろを広げるだけの行為に感じて、ゆらゆらとうねらせてしまう。それ以上に、主基の猛《たけ》りを手にしている興奮のせいなのかもしれないけれども。

「解けって。さわってやるから」

八尋は首を振った。さわってもらうよりも、今はさわりたかった。

自らの中から指を引き抜き、かわりに主基の雁首《かりくび》をあてがう。上に乗ったことは以前にもあるが、まだつきあっていた頃に主基に宥《なだ》められ、からだを支えられながらそろそろとしたのだった。

「無理すんなって、怪我でもしたら——」

こんな状態でも心配してくれる主基の言葉も聞かずに、八尋は行為を続けた。

「あ……」

入り口を先端が拓《ひら》こうとする。そのことにぞくりとからだを震わせた。息を吐き、腰を少し回すようにしながら受け入れていく。

「あっ――」

一番太いところが挿入《はい》ってしまえば、あとはさほど辛くはなかった。一気に奥まで飲み込んでしまう。

「……っああ……！」

「……っ」

主基も小さく息を呑む。八尋は貫かれるきつい快感に、強く背を撓らせた。

「はいっ……た……」

「……っ、て、おまえ……っ」

「ぅあ……っ」

体重がかかるぶん、いつもより深く入っている感じがした。奥を突かれる感覚に、がくがくとからだが震える。

主基は喘ぎながら、少し呆れている。だが、それでもよかった。だってどんなに呆れたって、もう逃げることはできないんだから。しっぽが激しく振れていることにも気づいたが、そんなことも、もうどうでもよかった。

主基の腹に手をつき、腰を揺らしはじめる。

「ん、あぁ、あぁ……っ、あっ、あっ、あ――」

自分で自分の悦いように動く。腰を股間に押しつけるようにくねらせ、内側のやわらかい襞を、主基の雄に抉らせる。

擦られるのも、当たる感覚も、気持ちよくてたまらなかった。ぐちぐちというういやらしい水音が部屋に響く。

「あぁ、あっ、やっ、あんっ……」

「そんなにぐちゃぐちゃに中、突いても大丈夫なんだ……?」

と、主基は問いかけてくる。

「……気持ちいい?」

「んっ……イイ、気持ち、い……っ」

はしたなく素直に認めながら、動きは次第に激しくなっていく。

「主基……っ」

「俺、手加減してやってたのがバカみたいだな」

主基が揶揄するような囁きを投げてくる。その言葉にさえぞくぞくした。

「……ほんとにやらしい。中も……絞り取られそう」

「や、言っ……っ」

「っ、凄い締まった。言われると興奮するんだ……?」

八尋は首を振ったが、感じていることは否定できなかった。腰をうねらせ、体内の悦いところに当たるように動く。

主基を縛ったネクタイがきりきりと突っ張る。彼もまた快楽を得ているのだとわかる。

「八尋……腰、落として。奥のほうが感じるだろ?」

「ん、っあ——」

言われるまま、深く腰を落とし、咥え込む。びくびくと背中を反らす。

「——っ……」

狭い場所がさらにきつく収縮し、主基のものを絞り上げる。

勢いよく中を濡らされた瞬間、八尋も吐精し、ぐったりと主基の胸に倒れ込んだ。


「もういい加減、これ外せよ。腕痛いって」

「だめ」

と、答えるのも何度目になるだろうか。

主基はうんざりした顔でため息をついた。

「腹減った」

昨日の夜、炒飯とスープを食べたきりだ。翌日の午後にもなれば、空腹が極まるのも当たり前だった。

「だからピザもお弁当もカレーも取っただろ。おまえが食わないいんじゃんか……！」

「デリバリーじゃなくて、外に食いに行きたい」

「それはだめ」

同じような会話の繰り返しだった。家にはもうほとんど食材がないため、インターネットで美味しそうなものを見繕い、いろいろと宅配させてみるものの、主基の興味を引くことはできないようだった。

「何か食いたいものあったら注文するけど」

「樽屋《たるや》の骨付きステーキが食いたい」

「……って、あそこデリバリーやってないだろ」

「だからさ、一緒に食いに行けばいいだろ？　これ外せよ」

「それはだめだって言ってるだろ……！」

主基はまたため息をつく。

「おまえね……こんなのいつまでも続くわけないってわかるだろ？　今日はたまたま仕事が休みだったからともかく、明日からは無断でさぼればマネージャーが来るし、あいつ鍵も持ってるんだからさ。警察でも乗り込んできたら、おまえ逮捕されるぞ」

（仕事）

その言葉は、八尋の胸に痛みをあたえた。主基をあの男のところへ行かせたくなかっただけで、仕事の邪魔をしたいなんて思っているわけではないのに。

けれど八尋は、そこから無理に目を逸らす。

「そうなんだ。じゃあチェーンかけておかないと」

「おまえなあ」

抗議しかける口をキスで塞ぐ。抵抗できない主基の言葉を吸い取って、そのまま下へ唇をずらす。喉を舐めて、吸って、軽く噛む。びくりと主基のからだが反応する。

（……可愛い）

「なんでこんなことするんだよ？」

「おまえがこの家から出ていかないように」

「どこへ行くっていうんだよ？　俺の家だぜ」

「そうだけど」

出て行っても戻ってくるかもしれない。だけど、外で何をするかはわからない。

「こんなことして、楽しい？」

問いかけてくる主基に、八尋はにこりと笑みを返した。

肌を撫でながら、首筋にキスをする。後ろから抱かれるときにはふれることもできないところに、所有の印をつけられるのが嬉しい。

主基は目を伏せてされるがままになっている。食べ物を入れていない腹はやや凹《へこ》んで薄く、これはこれで愛おしい。

(……けど、このまま何も食べてくれないままだったら、いつか死んじゃう?)

もしそんなことになったら、自分も一緒に死のうと思う。心中するのかと思うと、まるで夢のようだった。

それなのに、何かが心に引っかかってたまらないのはどうしてなのか、自分でもよくわからなかった。

6

主基が拘束されてから、まる一日ほどが過ぎた。

目が覚めると、八尋が傍にいなかった。拘束されてからというもの、ほとんど片時も離れずに見張っていたのに。

トイレか、風呂にでも行ったのだろうか。

(俺も入りてえ……)

ため息が零れた。

(いったいなんだってこんなことをはじめたんだか)

聞いても八尋は答えない。

(あいつがここへ来たのは、匿って欲しいからだったはずなのに)

そのために、家賃のかわりにからだまで差し出してきたのではなかったか。

匿うということは、一人では生きていきにくいミミつきの生活をサポートするという意味を含んでいたはずだ。だが、主基を拘束しておいたのでは、まったくなんの助けにもならない。むしろ八尋の負担が増えるはずだった。

何を考えているのか、わからなかった。

(昔はわかってた気がするんだけどな)

別れる前——いや、つきあうようになる前だ。ただの義兄弟というだけの仲だった頃は、だいたい理解できていたと思うのに。

父親からネグレクト状態で育てられた八尋は、親の再婚で初めて会ったときから愛情に飢えていたと思う。それを素直に表現できなくて、ひねくれた態度をとって——そんな難しい性格だったから、可愛がってくれる他の大人も、友達もいなかった。

(俺だけ)

(俺だけのもの)

だから、八尋のことは、かなり可愛いと思っていたのだ。見た目や性格はともかく、かまってやればごくたまに見せる笑顔が可愛かった。子供が嫌いな母親に、ほとんど最初から大人扱いされて大人の中で育ってきた主基にとって、すぐ傍にいる小さな存在は、とてもめずらしいものだった。

(あくまで弟分としてで、恋人としてつきあうとか、そういうつもりは全然なかったけどな)

少なくとも、あのときまでは。

あの夜。

酔っぱらって手を出すまでは——否、手を出したって、なかったことにすることはできたのかもしれない。

なのに先に進む気になったのは、ふと胸に描いたからだった。

もしちゃんとつきあって、もっとかまってやって優しくしてやって、愛情を注いでいけば、八尋はもっと笑うようになるんじゃないか、と。——だったら、それもいいんじゃないか？

そんなことを思ったくらいだから、自覚はなかったとはいえ、西原の言葉は当たっていたのかもしれない。

——おまえ、惚れてたもんな。ガキの頃から

（実質、失敗したみたいだけどな——）

可愛がってやりたかった。笑顔が欲しかった。そうしてやれるはずだった。

主基にとっては、八尋と一緒にいるのは楽しかったし、八尋のことも愛しかった。今までなるべく避けてきた「初めて」の相手とのつきあいだったのに、自分の手で咲かせていくのがたまらなく面白くもあった。

それなのに。

つきあいが続くにつれ、八尋は笑わなくなっていった。どうしてだったのか、今でもはっきりとはわからない。仕事が忙しくなって、思ったようにかまえなくなったのも一因だった

かもしれない。だが、それだけではない気もする。

(俺のこと、そういうふうには好きじゃないって気づいたからなのかも)

やがて来る別れの遠因は、そんなところにもあったのだろうか。

最後の捨て科白を思えば、そんな気もした。

つきあってからもその前も、嫌われていると思ったことはなかった。ただ、八尋の気持ちは恋じゃないのかもしれないとは最初から思っていた。

幼い頃かまってやったのが自分だけだったから、実の兄のように慕うようになって、それがそのまま続いているだけなのではないか、と。だがそれでも、その中に「恋」の部分もあるのなら、育てていけるとも思ったのだ。

——さわんなって、言ってるだろ……!　抱かれるのもいやなんだからっ……

天井を見上げて深くため息をつく。

それまでライトな大人のつきあいばかりをしてきて、別れても深く傷ついたことはなかった。

八尋のときだけだ。他の子たちと違う、本当に恋をしていたんだと気がついたのは、別れたあとのことだった。

あの頃に撮った恋愛映画の撮影は辛すぎて、ラッシュを自分で見ることさえできないままだ。

しい。

(……でも、今なら見る気になれるかもな)

八尋が「泣いた」と言ってくれたからだろうか。

別れてからも、八尋はどうやら主基の出演した映画やドラマをチェックしてくれているらしい。

兄弟みたいな気持ちが戻ってきているのかと思う反面、

(兄弟にコレはふつうしないよな……?)

と、縛られた手首を見つめる。

(拘束するのは、プラスにしろマイナスにしろ、それだけ強い感情があるからだろ……?)

ちょうどそのとき、居間の柱時計の音が遠く聞こえて、主基ははっと我に返った。

(あいつ、ほんとにどこ行ったんだ?)

八尋がいない今のうちに、腕をほどくべきだと主基は考える。ネクタイで素人《しろうと》が適当に縛ったただけのものだ。時間さえかければ、たぶん解くことは可能なのではないか。見張られている状態では無理だが、今なら。

そう思って——でも結局できなかった。

——楽しい?

——うん

あの心底嬉しそうな笑顔を思い出すと、できない。

どうして八尋にとって、こんなことが楽しいのかはよくわからない。けれどこれが八尋の希《のぞ》むことなら、しばらくつきあってやってもいいような気がして。

（……にしても……）

部屋の掛時計に視線を向ければ、目を覚ましてからすでに三十分以上は過ぎている。

拘束されてから、八尋がこんなにも長いこと傍を離れていたことがあっただろうか？

（……食事でもつくってんのか？）

もう材料はほとんど残ってないはずだが、と思いながら耳を澄ませてみるけれども、柱時計の音が止まって以来、階下は静まり返っていて、なんの物音も聞こえてはこなかった。

（違うのか……）

ハンストでもしていれば、そのうち八尋も折れるだろうとは思うのだが、むしろ主基は八尋のほうが心配になりつつあった。

主基が食べずにいるあいだ、八尋もまた食べていないようだからだ。

（最近痩せたし）

——ごめん
（あの反応には驚いた……）

痩せたことを指摘した主基に、八尋は抱き心地が悪くなったことを謝ったのだ。

（そうじゃなくて、ただ心配してただけなんだけど）

それに、昔のことを思い出してしまったのも少しあった。二年前は、なんだか痩せたな、と思っていたら、いきなり出て行かれたのだ。また同じことが繰り返されるのではないかと。

（まあこの状態じゃ、そんな心配はなさそうだけど）

人をベッドに縛ったままで帰らなくなるような真似は、たとえどんな恨みがあったとしてもしないだろう。

「あーあ、やっぱ、腹減ったな――」

呟いて、伸びをしかけた瞬間、主基ははっと思い出していた。

――樽屋の骨付きステーキが食いたい

先刻の自分の科白を。

（……まさか、買いに行ったんじゃ……）

樽屋はデリバリーもテイクアウトもやっていないはずだが、頼み込んで持ち帰ってくるつもりなのではないか？……まさかとは思うけれども。

（でも、もし一人で外にでも出てたら）

そう考えると、気が気ではなくなった。

ミミつきの晒される危険については、八尋から聞いたあと、ネットなどを使って自分でも調べたのだ。

（ウサギ狩りにでもあったら）

捕まって、輪姦されて、売り飛ばされるようなことにでもなったら。

反射的に起き上がろうとして、手首の縛めに阻まれる。

主基は舌打ちした。

*

夢中で主基を縛ってしまったけれど、少し冷静になってみれば、いつまでも続けられることじゃないとわかる。

主基には仕事がある。たまたま今日は休みだったけれど、明日は違う。それを邪魔したいわけじゃないのに。

だけど解いたらどうなるだろう。

（絶対、凄く怒ってる）

八尋のことも、すっかり嫌いになってしまったに違いなかった。否、もともと嫌いだったかもしれないが、これが決定打になったことだろう。

（ほどいたら、今度こそ出て行けって言われるかもしれない）

どうすればいいのか決心がつかないままで、八尋は主基が眠っている隙を縫い、樽屋へと向かった。

ゆったりしたジーンズにしっぽを隠し、フードのついたパーカーにミミを隠して、これで遠目には、ミミつきとはわからないはずだった。

(フェロモンにも気づかれないといいけど)

正直、主基に対してはそれほど効いているとも思えないため、八尋はフェロモンの威力に対して半信半疑になっていた。実際には、言われるほどたいしたことはないのではないか?

(だったら、ちょっと行って帰ってくれば)

樽屋は昔よく主基と行った店だったが、ひさしぶりで町のようすが変わっているせいもあって、たどり着くまでに少し迷った。それでもたまたま人とほとんどすれ違わなかったせいか、危険な目にあうことはなかった。

店に着いて、見覚えのあるマスターに持ち帰りを頼み込む。うちはそういうのはやってないから、と最初は断られたけれども、主基の名前を出せば、内緒で引き受けてくれた。マスターが八尋のことも微かに覚えていてくれたことも功を奏したようだ。

できあがるまで、店の隅で待たせてもらった。そのあいだに入れ替わり立ち替わり、七人に声をかけられた。

(ミミつきだとはばれてないはずなんだけど……)

目をつけられるほどの容姿ではないだけに、やっぱりフェロモンは存在するのだろうかとも思う。だったら、主基にももっと効いてくれてもいいのに。

「お待たせ」

「ありがとう……！」

ようやく注文の品が出来上がり、八尋は折り詰めを受け取った。

これなら、主基も食べてくれるかもしれない。そう思うと嬉しくなった。

代金を払い、頭を下げる。そして勢いよく頭を上げた瞬間だった。

頭から、ばさっとフードがすべり落ちた。

「……‼」

ミミがまる出しになる。

八尋は慌ててフードを被りなおし、店を飛び出した。

（失敗した……！）

あんな一瞬で、見た人はほとんどいなかったはずだ。だから、たぶん大丈夫だろうけど。

そう思いながら、できる限り帰路を急ぐ。

（あともう一つ曲がったら……あ）

だが家が見えたのと同時に、視界を遮るように男が立ち塞がった。

明らかに堅気ではないと思われる、崩れた感じの若い男だった。

避けて進もうとすると、別の男が道を塞ぐ。振り向けば、さらに別の男たちがいた。

（ウサギ狩り……！）

悟った瞬間、からだが凍りついた。

じりじりと迫ってくる。八尋は無我夢中で適当な方向に向かって走り出す。だがあっというまに、後ろ襟首を掴まれ、引き倒された。

「……っ」

「呆気《あっけ》ないウサギだな。まあこのミミは犬っぽいけど？」

転んだ拍子に落とした折り詰めを、男の一人が踏み潰す。

「あ、それは……っ」

「何、これ食うの？」

「じゃあ食わせてやればあ？」

口元に手づかみで押しつけられる。むりやり咥えさせられて、八尋は咳き込んだ。それを見下ろして、男たちは大笑いした。

（せっかく持って帰ったのに）

じわりと涙が滲んだ。

「あんま顔汚すなよ。萎えるじゃん」

「ここでやる気かよ」

「じゃあ、とにかくつれて帰る？」

（つれて帰るってどこへ……!?）

冗談ではなかった。攫われたら、きっと二度と戻ってはこられない。八尋は死にものぐるいで逃げようとした。けれど簡単に逃がしてもらえるわけもなく、立ち上がりかけたところをまた後ろからつかまえられる。

「いやだ……!!」

抱き竦められ、嫌悪感で総毛立った。これまでの同じような目にあわされた記憶が頭をぐるぐると廻《めぐ》り、パニックを起こしそうになる。

「世話のやける野郎だぜ。逃げられるとでも思って――」

だがその手が、ふいに緩んだ。

（え……）

どさりと後ろの男が倒れた。

振り向けば、金属のバットを手にした主基が立っていた。

「か……主基……っ」

「この野郎……っ」

ほかの男たちが、飛びかかってくるのを、主基はまるで殺陣《たて》のような動きで、容赦なく殴りつける。

「来い……っ」

そして隙をつき、八尋の手を引いて走り出した。

屋敷に飛び込み、門を閉ざす。セキュリティシステムのしっかりした鉄扉と高い塀は、簡単に破られることはない。

玄関へ駆け込み、ドアを閉めて、主基は警察へ通報する。

そして携帯を切ると、八尋を抱き締めた。

「う……」

その途端、ぼろぼろと涙が溢れた。主基にしがみついて泣きじゃくる。

「……怖かった?」

優しく問いかけられ、こくこくと八尋は頷いた。

「も……もうだめかと思った、……っまたあんな……っ」

「また?」

「向こうにいた頃、捕まって犯られたり、いろいろ、怖いことばっかり……っ、……もうやだ……っ」

何度もしゃくりあげながら口にする。主基には知られたくなかったのに、ぼろぼろと零れてしまう。ひどい経験が走馬灯のように脳裏に蘇り、止まらなかった。

背中を抱く主基の腕に、ぎゅっと力が込められる。

「……ごめん。……俺、いろいろ誤解してたかもしれない」

「え……?」

「おまえが向こうで、いろんな男とつきあってたのかと」

嫉妬して、辛くあたったかも、と主基は言った。

「ば……っ、なわけないだろぉ……」

なぜだかいっそう涙が溢れる。

「……うん。ごめん」

主基は繰り返す。嫉妬してくれたというのは本当なのだろうかと八尋は思う。

(本当だったら嬉しいのに)

主基の腕の中はとても気持ちがいい。

抱き締められるうちに八尋の心は次第に落ち着き、あたたかいもので満たされていった。


駆けつけた警察によって、ウサギ狩りのギャングたちは逮捕された。

八尋と主基も事情聴取に呼ばれ、家に戻ってこられたのは、真夜中を過ぎてからのことだった。樽屋からテイクアウトしたステーキは食べられる状態ではなくなっていたが、警察でカツ丼をご馳走《ちそう》になり、とりあえずの空腹は満たされていた。

「あのくらいの縛りかたじゃ、時間かければ外せるって」

聞くに聞けず、手首から目を逸らせない八尋に、主基は言った。並んで座ったソファに背を深く沈め、ため息をつく。

「戻ってこないから、もしかしてと思ったら案の定。……わかってただろ？　危ないってことは」

言葉はきついけれども、腕は八尋の肩へ回り、抱き寄せてくれる。心配してくれていたことが伝わってきて、きゅっと胸が疼いた。

「……ごめん、なさい」

八尋は小さな声で謝る。

主基が助けてくれなかったら、今頃は誰にも知られないうちにギャングたちに拉致されて、輪姦されていたかもしれない。あるいは売り飛ばされていたかも。

そしてそれ以上に怖かったのは、一歩間違えば主基を巻き込み、大怪我をさせたり、彼もまた一緒に攫われるようなことになっていたかもしれないということだった。芸能人である彼は、ミミつきより価値のある商品にさえなりえたかもしれない。

考えれば考えるほど、ミミがぺたりと頭にくっついていくのがわかる。

「……すぐ近くまで行って帰ってくるくらいなら、大丈夫だと思ったんだ」

「大丈夫なわけないだろ」

フェロモンを舐めるな、と主基は言った。たしかにその通りだとは思うけど。

「だって……おまえは感じてないみたいだし、フェロモンもだいぶ弱まってるのかと思ったんだ。あとはミミとしっぽさえ隠せばなんとかなるかって」

（……甘かったみたいだけど）

ごめんなさい、と繰り返す八尋に、主基は言った。

「俺の職業、なんだと思ってる？」

「え……？」

「演技するのはお手の物ってこと」

「え？」

意味がわからず、八尋は首を傾げて主基を見上げる。彼はわずかに照れたような顔をしていた。

（……つまり、ふりってこと？）

フェロモンを感じてないふり。——実際は。

察すると、なぜだか八尋自身、ひどく頬が火照った。

「……まあ、俺も悪かったけどな」

と、主基は言った。

「え？」

「俺が樽屋のステーキ食いたいとか言ったからだろ？」

「それは……」

そうだけど、でも。

「……おまえが悪いわけじゃ……。そもそも俺が」

主基をベッドに縛りつけるような真似をしたからなのに。

「……って思うんなら、いい加減、ちゃんと聞かせろよ。なんでいきなり縛ったりしたのか。俺のこと監禁して、どうしたかったの」

「……どうしたいなんて」

当然の質問だった。だけど答えが出てこない。

どうしたい、などと具体的に思っていたわけではなかった。ただ、いてくれればそれでよかったのだ。

(俺だけのものにしたかった)

でも、そんなことを言って、通るわけもない。

「答えられない？」

「……」

「じゃあ、おまえには今日限りこの家を出ていってもらおうかな」

「え……っ！」

あんなことをしてしまった以上、追い出されることはなかば覚悟していたはずだった。なのに八尋は激しく動揺せずにはいられなかった。

「理由がわからないんじゃこれからだって何をするかわからないし、怖くて置いておけないだろ？」

「……」

主基の言うことはもっともで、反論の言葉も見つからなかった。

「でも」

と、彼は続けた。

「ちゃんと答えれば、理由がなんであれ、追い出したりはしねーよ」

「……？　理由がなんでも……？」

八尋は目を見開く。主基の言っていることがよくわからなかった。

「ああ。約束するから。……だから、ちゃんと聞かせろよ。なんであんなことしようと思ったの」

「……」

「……きっかけは？」

まだ躊躇う八尋に、重ねて聞いてきた。上目遣いで見上げれば、視線で答えを促される。

「……芸能ニュースで……」

「ああ？」

ぼそりと口にすると、主基にはよほど突拍子もなく聞こえたようだった。問い返してくる彼に、自棄のように八尋は言った。

「篠田さんとホテルから出てきたって、言ってたから……っ」

「……はぁ!? 何それ」

「あの人のインタビューもやってて、長いつきあいだし、け、結婚するかもって……っ」

「はあ？」

主基は声をあげた。複雑な表情で眉を寄せる。

「……そういうネタを芸能ニュースでやってたわけ？」

八尋は頷く。

「それをおまえは見て、信じた、と……でも、それとこれとはどんな関係があるんだよ？」

「う……どんなって、だから、……今、ドラマで共演してるし、撮影で会ったらそのまま
「またホテル行くかも、って？」

「……」

頷くしかなかった。

「……ごめん。仕事の邪魔して」

会わせたくなかった。もう二度と二人を。あのときは、それだけしか考えられなくなっていた。正気に返ってみれば、なんてことをしたのかと思う。

「まあ……たまたま休みだったたし」

と、主基は言った。

「悪運強いというか、弱いっていうのか……」

考えてみれば、仕事のある日だったら、マネージャーが乗り込んできて大騒ぎになっていたかもしれない。そうなれば、そのぶん早く解放されていただろう。主基にとっては、そのほうがよかったのかもしれなかった。

「……にしても」

主基は深くため息をついた。

「あいつ、滅茶苦茶言いやがって……」

「え……?」

「長いも何も、あいつとつきあったことなんてねーよ」

すぐにはその意味がわからず、八尋はただ目を見開き、ミミをぴくぴくさせるばかりだ。そんなことがあるわけがなかった。思わず言葉が滑り出す。

「う……嘘つき……っ」

「ほんとだって……！　芸能ニュースなんて当てにならないっていつも言ってるだろ。ホテルから出てきたってのだって、どうせスタッフも一緒にレストランで食事した帰りとかで、ちょうどツーショットに見えるように撮ったんじゃね？　あいつとは今もつきあってないし、昔もつきあったことなんかねーよ」

「嘘だ」

「なんでだよっ」

「なんでって……っ」

裸で同じベッドにいる二人の姿が、八尋の脳裏にフラッシュバックする。ぎゅっと目を閉じて追い払う。

「……おまえの好みじゃんか……っ」

「ええ？」

「昔から、つきあうの全部あのタイプだっただろ⁉」

指摘すれば、主基は頭を抱えた。

「あーっと、それおまえとつきあう前の話？」

八尋は頷く。

「何、俺は好みだったら全員つきあう奴なわけ？」

「違うのかよ」

「そこまで軽くない……と言いたいけど、まんざら否定もできないかな。でも、篠田とはっきあったことない。本当に」

「嘘だ」

「本当だって……！　そんなピンポイントに嘘ついたってしょーがないだろ！」

主基の言うことにも、たしかに一理はあった。でも。

「だ……だったらなんでつきあわなかったんだよ、あんなに綺麗な人なのに⁉　おまえの好みど真ん中じゃんか」

問い詰めると、主基は吐息をついた。そしてふと真顔になる。

「おまえとつきあいはじめたあとに知り合ったからだよ」

「え……」

(俺？)

八尋は声もなく目を見開いた。予想もしていなかった答えだった。

「そんなに驚くようなこと？　おまえとつきあってるのに他の奴とも寝たりしたら、浮気になるだろ」

「……そういうの、躊躇ったことなんかなかったじゃんか」

決まった相手がいてもほかの子と遊んだり、同時進行だったり。いつでも携帯にはひっきりなく違う子から電話がかかってきていた。恋人同士になる前の主基は、八尋の前で携帯を切ったりしていなかった。

「……知りつくされてんのも考えものだな」

主基はひどくばつの悪そうな顔をする。

「でも本当に、おまえとつきあいはじめてからは、浮気とかしてないから。そういう軽いつきあいはやめたんだ」

「え？」

「……俺といるとき、ずっと携帯切ってたくせに」

「都合の悪い相手からかかってくるかもしれなかったからだろ？　そりゃ……隠しててくれるうちが花だとは思ってたけど……」

「おまえなあ」

主基はうんざりした声をあげた。

「どうしてそんなふうに取るかなあ？　別に気なんか使ってねーよ。電源切ってたのは、野暮な電話に邪魔されたくなかったからだよ。仕事が忙しくなって会う時間も短くなるばっかだったし、マネージャーには家のほうの番号教えてあったから、緊急の場合はそれで足りると思って……」

八尋は彼の言葉に呆然とした。

（……本当にそんな理由で？　ほんとに？）

自分が考えていたのとほとんど真逆と言ってもいい。だとしたら、長いあいだひどいぬれぎぬを着せられていたことになる。疑っていたことが申し訳なく、ついほだされそうになってしまうけど。

(でも)

「……じゃあ、あれはどう言い訳するつもりなんだよ」

「あれ?」

問い返されても、胸がつかえてなかなか言葉が出てこなかった。無理矢理絞り出せば、押し殺すような声になった。

「……別れる前の日、おまえが仕事休めるはずだったのにだめになった日があっただろ。あの日、おまえが出かけてるあいだ、俺も大学行ってて」

「ああ」

「……戻ってきたら、おまえとあの人が、裸でおまえのベッドにいた」

「はあ……!?」

主基は大きく声をあげた。

「なんだよ、それ。知らねーぞ……!」

「知らないわけないだろ!? それともまた酔っぱらって記憶なくしたのかよ、俺のときみたいに……!」

「な、……っ」

主基は一瞬絶句した。そして苦りきった顔でため息をついた。

「あの日は、そもそも一滴も飲んでなかったんだ。監督が会ってくれてランチして、それだけですぐ帰ってきた。おまえが待ってると思ったから。——昼間から酒は飲まないだろ？だけど家におまえはいなくて、少ししたらあいつが訪ねてきたんだ。今まで来たことなんかなかったのに、急に変だとは思ったんだけど、仕方なく家に入れて……」

別れのきっかけとなった日のことを、主基は記憶をたぐるように話す。

「そのあとのこと、よく覚えてないんだ。気がついたら、一人で裸で自分のベッドに寝てて……何が起こったのか全然わからなかった。だけど今わかったよ。つまり一服盛られたんだな、俺は」

「——……」

八尋は思わず顔を上げた。

考えたこともなかった可能性だった。当たり前だ。そんな非常識なことが起こっていたなんて思いつくわけがない。

だけどあのとき、篠田と八尋とが騒いでも、もともと眠りが浅いはずの主基は目を覚まさなかったのだ。そのことを考えれば、つじつまが合う。

（浮気じゃなかった……？）

篠田に嵌められただけで、実際には何もなかったのだろうか。

なぜ彼がそんなことをしたのか、八尋には聞かなくてもわかる気がした。同類だ、と思った。彼もまた主基のことが好きで、八尋とつきあっていることを知り、牽制しようとしたのだ。たぶん香水の匂いも同じことだ。キスマークも彼の仕業だったのかもしれない。

証拠があるわけではなかったが、そう考えると何もかもしっくり理解できた。

(つきあってなかった)

なのにすっかり騙《だま》されて、大好きな人と別れてしまったのだろうか。自分の馬鹿さ加減に愕然として、涙が出そうだった。

「おまえと別れたあとも、あいつはもちろん、ほかの誰ともつきあってない。……そんな気分じゃなかった」

と、主基は言った。

「この二年は、仕事一色だったな」

「でもこの前は、すぐに別の恋人ができたって」

「そんなこと言ってない。新しい恋をしようと思ってみたけど全然だめだった、って言おうとしたんだよ。おまえ、聞こうとしなかったけど」

よく思い出して、と言われ、八尋は記憶をたぐった。たしかにあのとき、主基ははっきり次の恋人をつくったとは言わなかった。

「まっ……まぎらわしい言いかたするから……っ」

「おまえがどんな反応するかと思って」

「……っ」

八尋は手近にあったクッションを主基に投げつけた。

「なんだよっ、別れるときだって、なんかさらっとタクシー呼んでくれたりしてさ、平気で優しい顔してたくせに……っ」

「優しくしようとしてたわけじゃねーよ。ただ呆然として、何も考えられなかったから型通りに振る舞ってただけだ」

「型通りって……、どんだけ慣れてんだよ……っ」

「そうだよな。だからああいうふうになるなんて、自分でも思わなかったんだ」

八尋と別れても、主基はいつもの通りすぐに立ち直って、また次の新しい恋を見つけたのだろうと思っていた。

(でも、もしかしたら俺と同じくらいに)

痛みを感じてくれていたのだろうか。

混乱する八尋の顔を、主基は覗き込んでくる。

「なあ……おまえ、もしかしてそれであのとき、急に別れるとか言い出したの?」

「……っ……」

「俺の部屋でやるの嫌がってたのも、そのせい?」

「……」

八尋は小さく頷いた。

「おまえ……なんでそれ、俺に言わなかったんだよ?」

「だって」

「恋人が浮気したかもって思ったら、ふつうはまず問いつめるだろ……⁉」

主基は声を荒げた。それはひどくめずらしいことだった。長いつきあいの中でも、何度も見たことはない。そう——別れ話をしたあのときくらいだっただろうか。八尋はびくりと身を竦めた。

「……そうしてたら、すぐ誤解は解けてたかもしれなかったのに、なんでおまえは……!」

「だ……だって……っ」

叱《しか》りつけられ、じわりと視界が滲む。

「だって……っ、一目瞭《りようぜん》然だと思ったし……っ、……言えないだろ、今まで浮気したって平気みたいな顔しといて、いきなり責めるなんて……っ」

ぽろっと涙が零れた。

ほんとは、全然平気なんかじゃなかった。本当は疑わしいときは何度もあって、いつだって責めたかった。でも言えなかった。言ったら鬱陶しいと思われると思った。

「……おまえに鬱陶しいと思われるのは、やなんだよ……っ」

けれど主基の言ったことが本当なら、問い詰めてさえいれば誤解が解けて、しあわせなままでいられたのだろうか？

「なんでだよ。思わないよ、そんなこと」

八尋は首を振った。

「お……お父さんだって俺のこと、鬱陶しいと思ってたんだから……っ、犬みたいだって……っ」

「犬？」

「犬っころみたいに纏わりついて鬱陶しいって……」

「――あの人はなんてことを……」

主基は低く呟いた。

「冷たい人だとは思ってたけど、そんなことまで……自分の子供に言うことじゃないだろ」

そう言ってくれる主基の言葉を嬉しく思いながらも、八尋は首を振った。

「俺が鬱陶しい人間なのがいけないんだし。……だからミミが生えたとき、やっぱりって思ったんだ。ほんとは違う動物のミミがよかったけど……」

「……バカ」

主基はふいに八尋を抱き締めてきた。背中に回る腕に、ぎゅっと力がこもる。八尋はわけがわからないながらも、じんと胸があたたかくなるのを感じた。主基の手がミミにふれる。

「……これ、やっぱ犬のミミなんだ？」

こく、と八尋は頷く。

「狐だって嘘ついたのは？」

「……そのほうがおまえの好みだと思ったから……。銀狐の毛皮が似合うような人、昔から好きだっただろ？　知ってるんだからな。……それなのに、犬だなんて知ったら……お父さんだって嫌がったのに、他人のおまえなら、ますます」

「他人じゃないでしょ。恋人、だったんだから」

「う……」

額を合わせて優しく囁かれ、また涙が溢れた。過去形の言葉が痛い。疑心暗鬼でつまらない誤解をして、自分がばかで手放してしまったものが、きらきら輝いて遠い。

「おまえ、本当に俺のこと信用してなかったんだなあ。無理もないけど」

「ち、ちが……っ」

八尋は首を振る。今ならわかる。

「おまえじゃなくて、俺が……っ」

信じられなかったのは、本当は自分自身だ。主基に愛されるほどの価値が自分にあるとは、思えなかったから。

「……綺麗じゃないし、色気もないし、おまえが今までつきあってきた人たちと全然違う。

俺のことなんか本気で好きになるわけないって——」

「好きじゃなきゃつきあわない」

「軽く手を出したくせに……！」

「……まあそう取られてもしかたないけどさ」

「やったあと、凄い『失敗した』って顔してた……っ」

「ああ……それはさ」

主基は肩に顔を埋めてきた。

「……臆病だったんだよ。おまえとだけはそういうふうにはならないほうがいいと思ってたんだと思う。——たぶんね」

「……どうして」

「恋愛は終わっても、家族のままなら終わらないからだよ。……いつか終わるのが怖かった。でもやっちゃったら、なかったことにはできないだろ。……だから、大事にしようって、俺なりに思ったんだ。ちゃんと続けられるはずだって——」

顔を伏せたまま、主基は言った。

「おまえの笑顔が見たかったんだ」

「え……？」

思いも寄らない言葉に、八尋は驚いて主基を見つめる。

「……たまに笑うと可愛いんだよ。だからさ」

何か答えようとして言葉にならず、ぱくぱくと口を震わせる。自分の顔が真っ赤に染まっていくのがわかった。そんなふうに思ってくれてるなんて、全然知らなかった。

「大事にして、可愛がってれば、そのうちもっと見られるようになると思ってた。……けど、実際にはどんどん暗くなっていったよな。どうしてだったのか、今聞いていいか」

主基は顔を上げた。

「あ……」

「いやだった？」

「……っ」

八尋は思いきり左右に首を振った。

「う……嬉しかった。しょっちゅうさわられたり、キ……キスされたりするの……っ。デートも楽しかった。メール来たら凄い嬉しかったし」

「じゃあどうして？」

「そのたびに思うんだ……っ、これがおまえにとっての『ふつう』で、他の、今までつきあってきた人たちにも同じことしてきたんだ、って。それに俺の次の人ができたら、その人にもするんだ、って……っ」

バカな嫉妬だ。今、傍にいられることを喜んでいればいいのに、わかっていたのにできなかった。

「他の人たちとはできたことが、俺とはできなかったら不満に感じるだろ……」

「……なるほど、そういうことか」

主基は吐息とともに呟いた。

「『ふつうだよ』って言ったときのおまえの反応が、なんか引っかかってはいたんだ。だけどそんなこと考えてるなんて夢にも思わなかった。ふつう、って言えばおまえがさわらせてくれるから、つい便利に使ってたんだ。ただ恋人同士ならふつうのことって意味で納得してるのかと思ってた」

でも、と主基は言った。

「……他の元彼や元彼女にも同じことしてたわけじゃないんだよ。……さわるのはさ、さわりたいからだろ。近くにいるとつい手が伸びて、キスしたくなる感じ……おまえには、わからないかな」

「……わかるけど」

ついさわりたくなって、はっとする。手を伸ばしかけて諦める。でもほんのちょっとでもふれたくて、不自然じゃないふれかたを考える。そんな感情は、主基にしか感じないけど。

「そういう気持ちになるのはおまえにだけだから。本当に好きになったのも、おまえだけなんだと思う」

「……っ」

主基も同じ思いなんだろうか？

もう散々泣いたのに、またじわりと涙が滲んできた。その顔を主基は覗き込んで微笑する。

「……というわけで、さわっていい？」

「うっ……」

八尋は頷いた。

主基の手のひらが頬にそっとふれて、たしかめるように撫でる。そしてミミにも。

「俺は犬、大好きだからな。たとえお義父《とう》さんが嫌いでも」

と、主基は言った。

「前に隣が柴犬飼ってたって話、しただろ。凄く可愛がってたんだ。俺のこと黒い目で見上げて、ちぎれるくらいしっぽ振ってるの見ると、こっちまで嬉しくなってさ。鬱陶しいなんてとんでもない話だよ。——おまえも、このミミも可愛いし、しっぽも感情と関係ないって言ったって、嬉しそうに俺を見て振ってるの見ると、やっぱり嬉しくなるし」

「う……うん……っ」

主基の言葉が嬉しくて、八尋は自分から抱きついた。

「八尋……」

「……ごめん」

「何が」

「縛ったり」

そうだな、と主基は失笑する。

「……いろいろ、誤解してて、おまえにたしかめもしないで」

一方的に別れを告げて、傷つけた。

「ほんとにね」

「なっ……」

「これからは、ちゃんと話してくれるだろ?」

「……これから?」

「もう一回、やり直そう」

と、主基は言った。

その途端、八尋の瞳からぼろぼろと涙が零れた。声が出なくて、何度も頷く。

唇が重なる。主基の腕が背中に回り、強く抱き締めてきた。


「いろいろひどいことしたからね。……優しくする。すっごい気持ちよくしてあげるから」

長い長いキスからはじまって、からだ中を主基が舐めていく。ふれられると、からだが気持ちいい以上に、嬉しくてたまらなかった。

後ろに指を挿れられて、とろとろになるまで慣らされる。掻き回しながら乳首を吸われると、がくんがくんとからだが揺れた。

「あっ、あっ、あっ……」

はじまって間もないのに、ぐっしょりと濡らされた中がすでに疼きはじめていた。いやらしくひくつくのが、自分でもわかる。丁寧な愛撫が焦れったいほどで、八尋ははしたなくねだってしまいそうになるのを、シーツを握りしめて耐えていた。

「……ぁん、……っ」

また唇が合わさり、舌がふれると、からだがぞくりと反応した。

「んっ……」

深く繋がりたくて、ねだるように仰向《あおむ》けになる。主基は八尋の舌をからめとりながら、後ろに挿入したのとは別の手で、乳首を捏《こ》ねる。痛いほど硬く尖ったそれを潰されて、感じすぎて涙が出そうだった。

「あぅ、あ、あっ……」

キスをしていられなくなり、八尋は首を振る。主基の腰を両脚で締めつける。

「やぁ……っ」

そうになる。

「そこ、や、ああ、だめ……っ噛んだら、……っ」

やめさせようとしたのに、逆に主基はしこりに歯を立ててくる。甘噛みされて、腰が溶けそうになる。

「ああ……っん」

「どうして。……噛むの、イイんでしょ？　こんなふうにさ」

「いあ、したら、乳首で……っだめぇ……っ」

八尋は高く悲鳴をあげた。中の指を締めつけて、思いきりからだを撓らせる。ふれられてもいない性器からは白いものを漏らしていた。

「あ……」

「乳首でイけちゃったねえ」

揶揄するように、主基は言った。

「気持ちよかった？」

八尋は答えることもできずに顔を赤らめるばかりだ。本当に乳首で絶頂になるなんて、思ってはいなかったのだ。恥ずかしくて消え入りそうなのに、主基は楽しげに追い打ちをかけてくる。

「こんなに感じるんだもんな。最近あんまり弄ってなかったし、埋めあわせに今日から毎日ココで達かせてあげようか」

八尋はふるふると首を振った。とんでもないと思った。なのにぞくぞくと不思議な戦慄が駆け抜け、埋め込まれたままの主基の指を、きゅっと締めつけてしまう。

「ほら、ここも嬉しそう」

と、主基は笑った。

「……もうっ……はや、く……っ」

八尋は思わず口にした。中の疼きは我慢の限界だった。達したことで、よけいに疼きだしたようにさえ思える。

大きく脚を開き、自ら迎え入れる姿勢をとる。正面から抱かれるのは、無理矢理八尋が乗ったときを別にすれば、ひどくひさしぶりのことだった。

(……っていうか初めてかも)

「あ……後ろがいい？」

「いや」

ごめん、と主基は呟いた。

「このままさせて。――顔が見たい」

(ああ……)

その言葉で、八尋は主基の気持ちが少しだけわかった気がした。心が通いあわないままのからだを抱きながら顔を見るのは、辛かったのかな、と。

すべてを晒す体勢が恥ずかしい。

「や……やだ……っ」

思わず顔を隠す八尋の腕を剝ぎ取って、主基はもう一度キスしてくる。そして自身をあてがってきた。

口を開けた後孔でその熱を感じた途端、ぞくぞくと震えが走った。背に敷き込まれたしっぽが、それでもぶんぶんと振れているのがわかる。

早く中に来て欲しい。繫がりたい。

「一気に挿れられそう」

主基は楽しげに言いながら、とろけた部分を拓いてくる。

「——っ……!!」

ずっ……と奥まで挿入され、八尋は快さにびくびくと身を震わせた。押し出されるように前が弾《はじ》け、白濁が漏れる。

「あ、あ、あ……っ」

そのさまもすべて主基の視線に晒されている。

(やだ……やなのに)

意識するとぞくぞくする。達しても治まらず、埋め込まれたものをきゅうきゅうと締めつ

ける。それだけでも気持ちがよかった。

「あ……」

「もうイッたんだ……」

二回目なのに、と言いながら、主基はそれを掬《すく》ってぺろりと舐めた。その好色なしぐさと表情を見ただけで、またぞくぞくとからだが疼きだす。

「……早く、しろって……っ」

「どうして欲しいの？」

言ってごらん、と主基は促してくる。

「いやらしいこと言って、誘ってみて」

「ばか……っ」

ぱしぱしと背中を叩く。そしてそのままぎゅっと抱きついて。

「……お、奥……っ、……いっぱいして……」

恥ずかしさに沸騰しそうな頬に、いい子、と主基はキスをくれる。

そしてゆっくりと動きだした。

あとがき

こんにちは。または初めまして。鈴木あみです。

ウサギ狩りシリーズも三冊目になりました。既刊から読んでくださっているかたも、初めてのかたも、お手にとっていただき、ありがとうございます。

シリーズではありますが、主人公を変えての一冊完結方式ですので、この巻からでも問題なくお楽しみいただけると思います。よろしくお願いいたします。

さて今回のミミは、犬です。犬ミミです！ 大型犬攻も素敵だと思いますが、受が犬で、ご主人様に飼われているのも可愛いと思うのです。子供の頃、ネグレクト気味に育てられてちょっといじけた犬ですが、ご主人様に可愛がってもらえると、ちぎれるほどしっぽを振って喜びます（笑）。

しかしどうしてミミつきが必ず受なのか？ という疑問を持たれたかたもいらっしゃると思います。答えはミミつきの正式名称である、Unidentified Kittenlike Earsにあります。UFOのように頭文字を取るとUKE——受、になる、という（笑）そんなばかばかしい小ネタがあったのですが、当然ながら誰も突っ込んでくれなかったので、ここに書いとく（笑）。

ところで嬉しいお知らせが一つ。

シリーズ一冊目の「ウサギ狩り」が、ドラマCDにしていただけることになりました！

この本が出た翌月、十月二十七日発売予定です。アフレコはもう行ってきましたが、とても素敵なCDになりそうで、私も今から凄く楽しみです。よかったら、こちらのほうもぜひよろしくお願いいたします。


お世話になった方々にお礼を。

街子マドカさま。シリーズ三冊にわたり、ミミつきたちの素敵なイラストをありがとうございました。今回も可愛くて色っぽいわんこと、色男で優しいご主人様をイメージどおりに描いていただき、凄くうっとりでした……！

担当のS様。今回も……大変なご迷惑をおかけしてしまいました。本当に申し訳ありませんでした。こんな私にも切れずに、いつも優しくしてくださってありがとうございます。次がありましたら、今度こそもっと優等生になりたいです。

そして読んでくださった皆様にも、本当にありがとうございました。ご感想など、お聞かせいただけましたら嬉しいです。

それでは、またどこかでお会いできますように。

鈴木あみ

鈴木あみ先生、街子マドカ先生へのお便り、
本作品に関するご意見、ご感想などは
〒101-8405
東京都千代田区三崎町2-18-11
二見書房　シャレード文庫
「愛犬」係まで。

本作品は書き下ろしです

CHARADE BUNKO

愛《あい》犬《けん》

【著者】鈴木《すずき》あみ

【発行所】株式会社二見書房
東京都千代田区三崎町2-18-11
電話　03(3515)2311［営業］
　　　03(3515)2314［編集］
振替　00170-4-2639
【印刷】株式会社堀内印刷所
【製本】ナショナル製本協同組合

落丁・乱丁本はお取り替えいたします。
定価は、カバーに表示してあります。

ISBN978-4-576-10134-7

http://charade.futami.co.jp/